Andrzej **Mandel**

Cień

Redakcja: Małgorzata Falkiewicz
Korekta: Monika Pruska
Okładka: Artur Kowalski
Skład: Maciej Goldfarth
Druk i oprawa: Elpil

Wydanie pierwsze
ISBN 978-83-7722-877-7

NOVAE RES – WYDAWNICTWO INNOWACYJNE
al. Zwycięstwa 96/98, 81–451 Gdynia
tel.: 58 698 21 61, e-mail: sekretariat@novaeres.pl, http:/novaeres.pl

Publikacja dostępna jest w księgarni internetowej zaczytani.pl.

Wydawnictwo Novae Res jest partnerem
Pomorskiego Parku Naukowo-Technologicznego w Gdyni.

Pomorski Park Naukowo-Technologiczny

Prolog

Było już ciemno, gdy na parkingu przed hipermarketem położonym przy ulicy Ciszewskiego Jarosław Wiesiołowski, wiceprezes firmy Mercyless Human Resources Consulting, skończył pakować zakupy do samochodu. W tym samym momencie kątem oka zauważył zbliżającego się powoli bezdomnego. Stary, obszarpany mężczyzna z widocznym wysiłkiem pchał przed sobą wózek wyładowany po brzegi kartonami. Wiesiołowski skrzywił się, gdyż był pewien, że bezdomny zaraz zacznie żebrać. Smród zaczął drażnić nos Jarosława, który był przyzwyczajony raczej do drogich perfum niż zapachów ulicy.

— Poratowałby mnie pan kilkoma groszami — powiedział bezdomny. Jarosław popatrzył na niego z pogardą.

— Spierdalaj i poszukaj sobie jakieś pracy — odpowiedział z niechęcią. Bezdomny stał nadal, całą postawą demonstrując pokorę. Jarosław otworzył drzwi samochodu i dodał jeszcze, wsiadając: — Takich śmieci nie powinno się wpuszczać tam, gdzie chodzą ludzie.

— Nie jestem człowiekiem? — z głosu bezdomnego nagle zniknęło starcze brzmienie, a jego oczy zabłysły. Wiesiołowski zdążył jeszcze zauważyć szybki ruch ręki, zbyt szybki jak na starego człowieka, i zobaczyć błysk na wysokości swoich oczu. Nie zdążył już poczuć kuli, która zagłębiła się w jego mózgu, rozrywając go na strzępy...

Okolice Komendy Stołecznej na warszawskim Muranowie nie obfitują w dobre kawiarnie. Mimo usytuowania tu dużej ilości biur, w pobliżu od zawsze była tylko jedna restauracja – w dawnym Hotelu Saskim. Pizzy Hut działającej obecnie w dawnej Grubej Kaśce nie dało się, nawet przy najlepszych intencjach, zakwalifikować jako kawiarni czy nawet restauracji. Kasia czekała na swojego informatora z policji pod kinem „Muranów". Oczywiście mogłaby, teoretycznie, poczekać w kinie, ale jak na złość było akurat nieczynne z powodu awarii sieci cieplnej. Była zziębnięta i głodna, a na dodatek miała okres. Nic więc dziwnego, że informator nie spotkał się z miłym przyjęciem.

– Spóźniłeś się – warknęła, zapominając o delikatności łączącego ją z informatorem układu.

– Musiałem zostać po godzinach – powiedział zmęczonym tonem policjant i rozejrzał się nerwowo. – Chodźmy stąd. Nie chcę być widziany z pismakiem.

– Marek, wyluzuj wreszcie – burknęła dziewczyna w sposób daleki od wyluzowania. Weszli po schodach na dach kina „Muranów". Przeszli przez bramę i znaleźli się na podwórku.

– Ccco byś chciała wiedzieć? – zaszczękał zębami policjant i otulił się ciaśniej cienkim płaszczem. Kasia spojrzała na niego i zastanowiła się. Szukała materiału na reportaż. Musiała znaleźć...

– Opowiedz mi coś o tym wczorajszym morderstwie spod Leklerka – powiedziała. Sprawa, o której przeczytała w kronice kryminalnej, wyglądała interesująco. Ktoś zabił członka zarządu sporej firmy i zniknął bez śladu – robota profesjonalisty. Marek spojrzał na nią z zainteresowaniem.

– Hmm… Nie wiedziałem, że wschodząca gwiazda reportażu zajmuje się przestępczymi porachunkami – powiedział wreszcie.

Nagle Kasia zatrzymała się. Przede wszystkim dlatego, że bolał ją brzuch i czuła potrzebę natychmiastowego udania się do łazienki, ale też dlatego, że coś jej nie pasowało.

– Nie chrzań. Gangsterskie porachunki nie odbywają się w ten sposób. Nie w Polsce.

– A jak odbywają się w Polsce? – odbił piłeczkę i udawał głupiego. Bywało, że wychodziło mu to niepokojąco dobrze, ale nie tym razem…

– Dobrze wiesz, jak się odbywają – żachnęła się. – Kilku gości wskakuje do knajpy i robi ogólną rozwałkę. Nasi gangsterzy nie działają w ten sposób.

– O co zakład? – zapytał Marek. Dziennikarka skrzywiła się i ruszyła dalej przed siebie. Dochodzili właśnie do Opery Kameralnej.

– Cóż… Pewnie nie zawsze odbywa się to w opisany przeze mnie sposób – powiedziała bardzo niechętnie. Marek uśmiechnął się i pokiwał głową.

– No właśnie. I tym razem też tak nie było. Jesteśmy niemal pewni, że to kolejna robota… – ugryzł się w język, ale było już za późno.

– Czyja robota? – zapytała szybko Kasia.

– Nie wiem, czy mogę… – odpowiedział policjant po dłuższej chwili milczenia. Spojrzała mu w oczy.

– Teraz już musisz, bo ci nie odpuszczę – uśmiechnęła się. Marek lubił ten uśmiech. Przypominał mu uśmiech żony.

– To, co ci powiem, ma zostać między nami, bo… – zaczął, ale Kasia przerwała mu gwałtownie.

– Szukam materiału na reportaż, więc musisz się liczyć z tym, że to wypłynie – wyciągnęła papierosa z torebki. – Ale, jak zawsze, nic nie będzie wskazywać na ciebie.

– Więc dobrze. Kurwa, przecież wiesz, że rzucam palenie – zareagował gwałtownie na wyciągniętą w jego stronę paczkę papierosów. Kasia uśmiechnęła się ze skruchą.

– Przepraszam.

– A zatem to morderstwo to prawdopodobnie robota profesjonalnego zabójcy, którego nazywamy Cień.

– Cień... – dziewczyna zamyśliła się. – Taki jest nieuchwytny?

– Żadnych śladów – skinął głową. – I mamy prikaz z góry, aby o nim nie mówić. Szczególnie dziennikarzom.

– A to niby czemu? – zdziwiła się. – A co z prawem do informacji i tym podobnymi?

– Podejrzewamy, że Cień zabił jakieś czterdzieści osób.

– SŁUCHAM? – zatrzymała się gwałtownie. – Ile?! I media o niczym nie wiedzą?

– Wiedzą. O każdym zabójstwie, ale nie mówimy, kto to zrobił – powiedział policjant. – O wszystkim media mają się dowiedzieć dopiero wtedy, gdy przynajmniej zaczniemy się domyślać, kto to jest. Teraz już wiesz ty, więc cała sprawa się rypnie – westchnął.

Kasia zamyśliła się. Reportaż szlakiem Cienia mógłby dać jej prestiżową nagrodę. W przeciwieństwie do materiału o hakerach, o których pisali już wszyscy. Spojrzała na zegarek.

– Nie jest wcale powiedziane, że zrobię z tej wiedzy jakikolwiek użytek – powiedziała cicho. – Teraz muszę już biec. Uważaj na siebie i pozdrów żonę.

– Pozdrowię. Trzymaj się! – to mówiąc, Marek szybkim krokiem odszedł w stronę alei Jana Pawła. Kasia natomiast zawróciła na plac Bankowy, myśląc o tym, co usłyszała.

Wieczorem Kasia siedziała w domu, czekając na umówionego „legalnego" hakera, który obiecał jej opowiedzieć nieco o polskim podziemiu komputerowym, i myślała o Cieniu. Zawodowy zabójca działający w Polsce z takimi sukcesami był zbyt niezwykły, by się nim nie zainteresować. Jeszcze raz przeglądała notatki policyjne dotyczące tej sprawy. Ofiarą był członek zarządu Mercyless Human Resources Consulting i wiceprezes firmy w jednej osobie – Jarosław Wiesiołowski. Nie wyglądał on na ofiarę gangsterskich porachunków. Normalny facet podobny do tysięcy innych menedżerów – raczej tępy, nieco psychopatyczny. Do tego żona, kochanka i całe multum dziwnych powiązań. Kłopot w tym, że takie powiązania, choć śliskie, raczej nie powinny być groźne. Doświadczenie sugerowało jej, że prawdopodobnie będzie warto zainteresować się tym, co MHRC robiła w Polsce. Nie była to bardzo znana firma, ale jej obroty budziły podziw, zaś niektóre kontakty sugerowały związki ze światem polityki i nową partią rządzącą. Schowała wszystko do teczki i rzuciła na półkę. Spojrzała na zegarek. „Zaraz będzie" – pomyślała. Nagle rozległ się dzwonek domofonu. Wpuściła hakera, czy raczej – jak wolał się nazywać – specjalistę od zabezpieczeń sieciowych, zastanawiając się, skąd zna dobiegający ze słuchawki domofonu głos. Rozmyślania przerwał jej dzwonek do drzwi. Pojedynczy dzwonek. Oderwała się od notatek, zgarnęła je w kupkę i zaniosła do pokoju. Na stole położyła gazetę. Rozejrzała się po kuchni. Pokiwała głową z uznaniem dla samej siebie i poszła otworzyć.

– O, w dupę jeża… – wyrwało się jej. – Kuba?

– Kasia? – w głosie mężczyzny słychać było niedowierzanie. Poczuła nagle irracjonalną chęć, aby go przytulić.

– Wejdź – opanowała się po dłuższej chwili. Kuba wszedł do jej mieszkania i zaczął rozglądać się z zainteresowaniem.

– To twoje? – zapytał. Uśmiechnęła się lekko.

– Tak. Chodźmy do kuchni, chcę z tobą porozmawiać.

– Hmm – w odpowiedzi uniósł brwi.

Wskazała gościowi gestem właściwe drzwi. Wszedł do pomieszczenia, nie przestając się rozglądać. Usiedli przy stole. Kasia zastanawiała się, jak zacząć. Nie rozmawiali ze sobą od paru lat i przypadkowe spotkanie z nim wcale nie było jej na rękę. Niemniej jednak reportaż sam się nie napisze.

– Opowiesz mi coś o świecie, hmm… specjalistów od łamania zabezpieczeń? – wyjęła dyktafon i położyła go na stole.

– A może podałabyś najpierw coś do picia? Jakiejś herbaty albo kawy, jak człowiek gada, to mu w gardle zasycha.

– Nie wolałbyś piwa? – zdziwiła się.

– Raczej herbaty z leśnych owoców albo Senchy – odpowiedział, patrząc jej prosto w oczy. Zadrżały jej ręce i popiół z papierosa osypał się na błyszczący blat stołu.

– Poprzestaniemy na winie – stwierdziła po dłuższej chwili. – Otworzysz?

Nie mogła zaliczyć tego wieczoru do udanego pod względem zawodowym. Rozmowa nie kleiła się i w efekcie wyłączyła dyktafon. Kuba niezbyt chętnie opowiadał o swojej branży, próbował natomiast mówić o słabości zabezpieczeń w sieciach firm – ale to Kasi nie interesowało, więc w pewnym momencie zamilkł całkowicie. Siedzieli tak przez dłuższą chwilę, czując się bardzo niezręcznie. Oboje odetchnęli z ulgą, gdy rozległ się dzwonek u drzwi.

– Będę się zbierał – powiedział. Skinęła głową. Sięgnęła do torebki wiszącej na oparciu krzesła.

– Zadzwoń do mnie, jak będziesz miał bardziej przysiadalny humor – spróbowała się uśmiechnąć, wręczając mu wizytówkę.

– Dobrze – zgodził się. Podeszła do drzwi. Za nimi czekał Pedro, który ze zdziwieniem popatrzył na Kubę.

– Kto to? – zapytał po hiszpańsku.

– Mój znajomy – odpowiedziała w tym samym języku. – Nikt ważny, a na dodatek nie mówi po hiszpańsku – uśmiechnęła się szeroko.

– Jesteś pewna? – zapytał podejrzliwie Pedro.

– Coś ty taki nieufny? – zdziwiła się, a następnie zwróciła się do Kuby: – Kuba, zadzwonisz, tak jak się umawialiśmy?

– Jasne – mężczyzna przepchnął się koło Pedra i wyszedł, ale zaraz za drzwiami zawahał się i odwrócił. – Nie jest ładnie rozmawiać przy kimś w języku, którego on nie rozumie – dodał obrażonym tonem. Kasia zamknęła za nim drzwi.

– Mówiłam – odwróciła się do Pedra. – On zawsze miał antytalent do języków – dodała. Skierowali się do kuchni. Żadne z nich nie zwróciło uwagi na to, że nie przekręciła zamka w drzwiach.

Rozdział I

Ulicę Kilińskiego rozświetlały bladym światłem nieliczne latarnie. Rzadkie o tej porze samochody rozchlapywały wodę i błoto z kałuż na cały chodnik oraz ściany zniszczonych kamienic. Cień, przytulony do budynków, przemykał w stronę ulicy Dąbrowskiego. Wyglądał jak niepozorny nastolatek, ubrany w zniszczone, lecz schludne ubranie, teraz ochlapane błotem i wodą. Niczym nie wyróżniał się spośród łódzkiego tłumu. Kiedyś zastanawiał się nad przyczynami tej apatyczności mieszkańców dawnej stolicy polskiego włókiennictwa. Teraz, gdy poznał bliżej rzeczywistość „ziemi obiecanej", nie zadawał już sobie więcej takich pytań. Za to chętnie korzystał z uroków nocnego życia w „Łodzi Kaliskiej", gdzie za jedno piwo mógł przelecieć dowolną panienkę. W Warszawie potrzebował na to znacznie więcej kasy. Zbliżył się do jednej z ciemnych bram i zatrzymał przed nią. Za jego plecami, chybocząc się i skrzypiąc na wąskich torach, przejechał tramwaj. Z okien wagonów patrzyły na Cienia szare i apatyczne twarze. W bramie, do której zmierzał, jakaś postać oderwała się od ściany i ruszyła w stronę ulicy.

– Te, daj fajka – usłyszał. Westchnął cicho, tak by nikt go nie usłyszał. Poczuł, jak tętnicami zaczyna płynąć adrenalina.

– Nie mam – odpowiedział niezgodnie z prawdą, lustrując przy okazji zastawiającego mu powoli drogę łysego młodzieńca odzianego w błyszczący dres. Twarz dresiarza zatraciła już ludzki charakter, widać było na niej tylko zwierzęcą agresję. Z bramy wyłaniali się powoli dwaj następni.

– Nie masz? – w głosie dresiarza nie było zdziwienia. – To dorzuć nam, kurwa, do fajek. – Cień zastanowił się. Na razie rozmowa przebiegała pokojowo, pomimo agresji wypisanej na twarzach istot w błyszczących dresach. Problemem nie były ich żądania, tylko to, że zastawiali mu drogę na podwórko. A musiał tam wejść, nie robiąc przy tym hałasu. Uśmiechnął się w duchu, zachowując kamienną twarz.

– Dorzucę się, jak wyjdę – powiedział, siląc się na przestraszony ton. – Właśnie idę po kasę do cioci – odpowiedzią był rechot. Byli miejscowi, więc kłamstwo nie mogło być udane. Jeden z dresiarzy wyciągnął nóż. Ostrze zamigotało groźnie w bladym świetle.

– Trzymajcie chuja, a ja, kurwa, sprawdzę, czy nie ma fajek i kapuchy – powiedział do kumpli ten pierwszy. Cień westchnął teatralnie.

– Meszuge! Od sprzątania bardziej nie lubię tylko brudu – mruknął. Szybkim, wprawnym i znamionującym duże doświadczenie ruchem wyciągnął ze spodni swój rewolwer z tłumikiem. Nie patyczkując się zbytnio, zastrzelił najpierw tego po lewej, prowodyra. Dresiarze cofnęli się z zaskoczeniem wypisanym na twarzach, które szybko zniknęły w mroku bramy. Ich sylwetki były jednak wystarczająco widoczne, nacisnął więc spust ponownie. Drugi dresiarz złamał się nagle wpół i powoli opadł na bruk. Kolejny odwrócił się na pięcie, ale nie zdążył zrobić kroku, gdyż pistolet syknął po raz trzeci. Dresiarz uderzył ciężko twarzą o kamienie i zaczął cicho skomleć. Pocisk trafił go w kręgosłup, nieco powyżej pasa. „Mam lepsze oko, niż myślałem" – pomyślał Cień. Wszedł do bramy, próbując zignorować intensywny smród moczu i brudu. Przechodząc koło rannego, strzelił mu jeszcze w głowę. Skomlenie ustało.

13

Przeładowawszy broń, wszedł na schody prowadzące na piętro. Drewniane stopnie, ku jego niezadowoleniu, skrzypiały cicho. Stanął na piętrze i zaczął nasłuchiwać, wstrzymując oddech. Z mieszkań dobiegały dźwięki charakterystyczne dla normalnego życia w takiej dzielnicy: ryczący telewizor i odgłosy awantur lub zwyczajnego porozumiewania się krzykiem. Jedne z drzwi uchyliły się i wyjrzała z nich zniszczona kobieca twarz. Kobieta wyglądała na sześćdziesiąt lat, ale Cień szybko zrozumiał, że nie może mieć więcej niż czterdzieści.

– Jacek! Wracaj natychmiast do domu! – nasłuchiwała odpowiedzi. Nie zauważyła zabójcy starannie kryjącego się w cieniu. – Jacek! Ty jebany gnoju! Słuchaj, kurwa, matki i wracaj natychmiast do domu! Przestań wreszcie sterczeć, kurwa, w bramie! – Kobieta nasłuchiwała jeszcze chwilę, ale odpowiedzią była tylko cisza. – W ojca się wdał, kurwa – dodała, po czym trzasnęła drzwiami. Cień wziął głęboki oddech, wyciągnął z kieszeni niewielką latarkę i kartkę. Przeczytał uważnie treść i przyjrzał się planowi piętra. Bezszelestnie, niczym kot, poszedł w stronę mieszkania martwego Jacka. Następne pomieszczenie za nim było tym, którego szukał. Ostrożnie nacisnął klamkę. Drzwi były zamknięte. Zadzwonił, raz. Dało się słyszeć chrobot i szuranie.

– Kto? – zapytał męski głos. Przez wizjer na chwilę wyjrzało światło, ustępując szybko miejsca cieniowi. – Kurwa, kto?

– Przychodzę od Jaszczura – powiedział morderca, wiedząc, że to powinno zadziałać. – Światło na klatce nie działa. – W odpowiedzi usłyszał stłamszone przekleństwo. Drzwi uchyliły się. Cień stał z boku, nie na wprost. Światło zaświeciło mu prosto w oczy. Szybko jednak rozpoznał twarz mężczyzny, widział ją na zdjęciach wystarczająco dużo razy.

– Czego, kurwa, chce Jaszczur? – zapytał mężczyzna, przyglądając się nieufnie Cieniowi. Ten uśmiechnął się tylko.

– Wali mnie, czego chce. Ja przyszedłem tu posprzątać – powiedział szczerze. Uniósł broń i nacisnął spust. Mężczyzna stał wystarczająco blisko, by rzuciło nim o ścianę. Cień wystrzelił jeszcze raz, tym razem w głowę, aby mieć pewność. Za pomocą lusterka zajrzał do środka. Nie zauważył nikogo. Zamknął drzwi, nasłuchiwał przez chwilę, czy na pewno nikogo nie ma w środku, po czym spokojnym krokiem zszedł po schodach. Wyszedł na Kilińskiego i przytulony do ściany poszedł spacerowym krokiem w stronę przystanku tramwajowego znajdującego się na rogu Kilińskiego i Dąbrowskiego.

Z niechęcią otworzyła oczy. Było jeszcze ciemno, więc spojrzała na zegarek. Była szósta rano. Zastanawiała się, co ją obudziło. Kasia nie miała w zwyczaju wstawać przed ósmą. Przynajmniej od czasu, gdy zyskała status wschodzącej gwiazdy reportażu. Żadna z jej prac nie wymagała regularnego wstawania wcześnie rano – starannie o to zadbała. A już szczególnie nie w święto, jakim był niewątpliwie pierwszy dzień listopada. Zadzwonił telefon, więc uznała zagadkę za rozwiązaną. Podniosła słuchawkę.

– Tu Marek – usłyszała.

– Jezu! Czy ty wiesz, która jest godzina?

– Oczywiście, że wiem. Właśnie wracam do domu – odparł zmęczonym głosem. Zdziwiła się lekko. – Mam coś, co może cię zainteresować.

– Tak? – w jej głosie zabrakło entuzjazmu.

– Dzień przed wyborami, wieczorem, zamordowano w Łodzi jednego gangstera. Był naszym świadkiem.

– Tak?

– Nie słyszę zainteresowania – skarcił ją lekko. – Odwalam za ciebie część roboty, więc mogłabyś chociaż udawać.

– No więc?

– Bądź za pół godziny w Maku w Supersamie. Jest już czynny, więc zjemy śniadanie.

– Fuj! – skrzywiła się. Jeszcze raz spojrzała na zegarek. – Dobra. Zaraz wychodzę. – Odłożyła słuchawkę i skierowała się do łazienki, ale w połowie drogi zmieniła zdanie. „Kawa w Maku jest paskudna, napiję się w domu" – pomyślała, kierując się do kuchni.

Siedziała z Markiem w Maku. Na plastikowych tacach stały równie naturalne kanapki. Swojej nawet nie ugryzła. Zachłannie wczytywała się w przyniesione przez znajomego kopie policyjnych materiałów.

– Sposób, w jaki zabito tego faceta, wskazuje na robotę Cienia. – Marek wskazał Kasi odpowiedni akapit. – Facet lubi bliski kontakt z ofiarą.

– A te dzieciaki? – zapytała, pociągając machinalnie łyk kawy. Policjant skrzywił twarz w parodii uśmiechu.

– Jakie dzieciaki? Drechy najgorszego rodzaju – odgryzł kolejny kęs kanapki i przełknął. – Można by rzec, że Cień przy okazji oddał łódzkiej policji przysługę.

– No żartujesz chyba – spojrzała na niego ze zdziwieniem.

– Oczywiście, że nie. Pojedź tam, to się przekonasz. Nikt nie chce z nami gadać. Nawet jeśli jest jakiś świadek, to nic nam nie powie.

– Pięknie, kurwa, pięknie – zaklęła. – Idę do domu poczytać w spokoju.

Marek skinął głową i zabrał się za jedzenie jej kanapki. Kasia spakowała materiały do teczki i wyszła. Przeszła przez plac Unii Lubelskiej, ruchliwy nawet w taki dzień, i weszła w aleję Szucha. Zatrzymała się na chwilę, by zapalić papierosa. Zaciągając się, zwróciła uwagę na pamiątkę po niedawnych wyborach. „Idziemy po władzę, aby oddać ją ludziom" – głosił slogan. Ktoś dopisał jedno słowo – „swoim". Uznała to za dobry żart, znajomi z ministerstw już byli bezrobotni, a plotki mówiły, że nowa władza czyści urzędy niemal do sprzątaczek. Uśmiechając się, poszła dalej. Gdy doszła już do apartamentowca, w którym mieszkała, uznała, że dobrze będzie pójść do naczelnego i zaproponować mu nowy temat.

Szybkim krokiem zbliżył się do głównej bramy Cmentarza Północnego. Zobaczył siostrę, stała trochę z boku. Chciał już ruszyć w jej stronę, gdy zauważył, że daje mu dyskretnie znak. Jakby o niczym innym nie myślał, zatrzymał się przy stoisku ze zniczami i wieńcami. Kupił dwa znicze. Przeszedł przez bramę. Cmentarz przywitał go ostrymi podmuchami lodowatego wiatru, który zdawał się przenikać nie tylko ubranie, ale i całe ciało. Kuba aż zatrząsł się z zimna. Miał na sobie cienką skórzaną kurtkę, a pod nią ciepły polar, ale to nie wystarczyło. „Co roku ubieram się nie tak, jak trzeba" – pomyślał. Kątem oka spojrzał w stronę siostry. Szła powoli. Zastanawiał się, dlaczego nie pozwoliła mu podejść. Wiedziała wszystko, ale to nie tłumaczyło takiego zachowania. Przeszli kilkaset kroków, Kuba rozmyślnie szedł wolniej, więc po chwili zrównali się.

– Mam wrażenie, że ktoś mnie śledzi – powiedziała wreszcie Weronika. Kuba niemal stanął w miejscu. Rozejrzał się uważnie, ale wyłapanie kogokolwiek w olbrzymim tłumie było praktycznie niemożliwe.

– Dlaczego? – zapytał. Weronika potrząsnęła głową.

– Mówię, że mam wrażenie. Nic specjalnego.

– Aha – skinął głową. – Rozumiem, że awans na posła rzucił ci się na mózg?

– Chrzań się – skrzywiła się. – To zaczęło się jeszcze przed wyborami. Jakiś koleś do mnie podszedł i zaproponował współpracę w Sejmie.

– Jakiś poseł? – zdziwił się.

– Nie – Weronika pokręciła głową. – Jakiś lobbysta, reprezentował jakąś firmę. Mercyless i tak dalej...

– Zajebiście. Ale to niczego nie dowodzi.

– Zgadza się. Niemniej od tego czasu ciągle mam wrażenie, że ktoś za mną chodzi. Może mam po tobie takie przeczucia?

– Nie chrzań – uśmiechnął się szeroko. – Jestem młodszy od ciebie.

Zatrzymali się przed nagrobkiem. Przez dłuższą chwilę ożywiali kamienne litery, wspominając osoby, które się za nimi kryły. Oboje podobnym gestem otarli łzę z policzka i skierowali się do wyjścia z cmentarza.

– A wiesz, spotkałem ostatnio swoją byłą – wyznał. – Pisze reportaż o hakerach.

– I trafiła na ciebie? – zaśmiała się Weronika. – Może powinieneś grać w totka?

– Wal się – odparował ciepło. – Zamurowało mnie, jak ją zobaczyłem. Straciłem całą pewność siebie.

– To do ciebie podobne. Tracisz ją na tyle często, że można by pomyśleć, że w ogóle jej nie masz – uśmiechnęła się Weronika. Pokiwał głową, wiedząc, że siostra nie miała nic złego na myśli. Szybkim krokiem zbliżali się do wyjścia. Kuba westchnął. Weronika objęła go i poklepała po plecach.

– Trzymaj się, siostra.

– Trzymaj się, brat – każde z nich poszło w swoją stronę. Kuba wsiadł do samochodu i pojechał w stronę Wisłostrady. Za mostem Grota zjechał w Krasińskiego i zatrzymał się przy pierwszej napotkanej kawiarni. Długo siedział nad filiżanką kawy, myśląc o Kasi. Nagle zadzwonił telefon. Przez chwilę rozglądał się w poszukiwaniu aparatu, po czym uświadomił sobie, że dzwoni jego komórka.

– Słucham? – zapytał cicho, starając się dyskretnie trzymać toporną Nokię. Uważał, że rozmawianie przez komórkę w knajpie to solidny obciach.

– Hej, to ja. Kasia – usłyszał wesoły głos. – Spotkamy się dzisiaj?

Kasia czekała na niego w Morgansie. Siedziała roześmiana przy stoliku, jak za dawnych lat. Kiedy wszedł, nie zauważyła go w pierwszej chwili. Zbyt była zajęta patrzeniem na sąsiedni stolik. Nie wiedział, czy patrzyła na siedzącego tam chłopaka czy dziewczynę. Odżyły stare wspomnienia, kiedy to nieuzasadniona, jak się później dowiedział, zazdrość podpowiadała mu najdziwniejsze obrazy zdrad, których miała się dopuszczać. Uśmiechnął się do wspomnień. Kochał ją wtedy, ale ona odeszła, wymknęła mu się. Wiedział dlaczego. Nie do innego czy innej. Po prostu wolała prawdziwą samotność zamiast samotności we dwoje. Pomachała mu ręką. Podszedł do stolika.

– Hej – powiedział ciepło. Kasia odpowiedziała uśmiechem. – Dlaczego chciałaś się ze mną spotkać?

– Hej – wstała i pocałowała go w policzek. – Nie wiesz? Kiedyś byłeś bardziej domyślny.

– …! – zagulgotał ze zdziwienia.

– No, nie patrz tak na mnie – roześmiała się. – Zamów sobie coś, to powiem.

– Jak chcesz – powiedział niezdecydowanym tonem. Spoglądając na nią podejrzliwie, podszedł do baru. Zamówił małe piwo, pamiętając, że ma wrócić do domu samochodem. Wrócił do stolika.

– Pękam z ciekawości – powiedziała, patrząc mu w oczy. Zdziwił się uprzejmie.

– Dlaczego?

– Zastanawia mnie, czemu zajmujesz się tym, czym się zajmujesz – powiedziała pogodnie. Była taka jak dawniej:

uśmiechnięta od ucha do ucha. Uwielbiał ją taką. Uśmiech dodawał jej nie tylko uroku, ale i inteligencji.

– Hm... Trudne pytanie – odpowiedział dyplomatycznie. Przekrzywiła głowę, a na jej twarzy pojawił się wyraz niedowierzania.

– Nie opowiadaj bzdur – powiedziała na tyle cicho, że sens zdania odczytał z ruchu jej warg. Muzyka w pubie była dość głośna. By zyskać na czasie, wyciągnął papierosa. Kasia zrobiła to samo.

– Ciężko teraz o pracę... – zaczął.

– Tylko proszę, nie opowiadaj mi komunałów bez pokrycia – powiedziała. – Bezrobocie, póki co, spada od tysiąc dziewięćset dziewięćdziesiątego piątego.

– O pracę, która byłaby na tyle dobrze wynagradzana, by mnie zadowolić – dokończył ze stoickim spokojem.

– A, to co innego. I tylko dlatego? – zdziwiła się.

– Dlaczego miałbym mieć inne powody? – spojrzał na nią z wyrzutem. – Co ciekawe, sukcesy na tym polu nie przydały mi pewności siebie i nie pomogły na moje problemy z kobietami – uśmiechnął się chłopięco. Miał świadomość, że to, co mówi, może ją zranić. Mimo całkiem sporej liczby kobiet, które poznał w życiu, nie mógł oprzeć się wrażeniu, że nie umie z nimi postępować. Przelotne miłostki nie mogły go zadowolić. Żył stereotypem miłości do grobowej deski, a przy okazji wpisywał się nieco w stereotyp nerda. Kasia uśmiechnęła się smutno.

– Ta... problemy – westchnęła. – Ale i tak nie rozumiem. Jesteś facetem z klasą. Nie najwyższych lotów... – złośliwy uśmieszek. – Ale zawsze jest to klasa.

– Tak? – kolejny raz tego wieczoru wyraził uprzejme zdziwienie.

– Jesteś oczytany, inteligentny – Kuba uwielbiał jej wkurzający sposób wymawiania słowa inteligencja, które w jej ustach brzmiało zawsze: „inteligiencja". I było dowodem na warszawskie pochodzenie Kasi. – Co prawda nie znasz dobrze żadnego języka...

– Ale? – Kuba uśmiechnął się tajemniczo.

– Mógłbyś mieć każdą pracę niewymagającą... – przyjrzała się krytycznie ramionom i posturze Kuby – siły fizycznej. I pracujesz, ryzykując pierdlem, w którym brak siły fizycznej będzie wadą, nie zaletą.

– Ha, ha...

– Jesteś jakimś zasranym hakerem, przestępcą. I domyślam się, że byłeś nim już wtedy, gdy byliśmy razem.

– No wiesz! Byłem wtedy niewinnym licealistą – oburzył się. „Oscar! Oscar!" – pomyślał przy tym.

– Ta... Licealistą na pewno. Ale czy niewinnym? – zdusiła papierosa w popielniczce. – Nie byłabym tego taka pewna – Spojrzała mu w oczy. – Często nagle znikałeś. To raz. Zazwyczaj na kilka godzin, ale zdarzało się też, że na parę dni. To dwa. Wracałeś czasem wyraźnie niewyspany i przemęczony. To trzy.

– I w kolejny weekend wyjeżdżaliśmy gdzieś razem – dopowiedział.

– To cztery – skinęła głową. – Dziwne, że tego nie zauważyłam.

– Ludzie generalnie widzą tylko to, co chcą zobaczyć – uśmiechnął się. Kasia potrząsnęła głową.

– Mnie nie powinno się to zdarzać – oświadczyła. – A zresztą. To już było. Wtedy... Kochaliśmy się chyba? – spojrzała pytająco. W jej wzroku zobaczył cień dawnej miłości.

– Może... – nie chciał o tym mówić. Ta część przeszłości, pachnąca Yves Saint Laurent pour Femme, nie była tym, o czym lubił myśleć, a co dopiero mówić. Kojarzyła się z bolesnym zakończeniem. Uśmiechnął się do Kasi i wyraził zainteresowanie jej pracą. Zatopili się w rozmowie.

Zatopili się tak bardzo, że dopiero obsługa uświadomiła im, że w zasadzie nastał już świt. Roześmiani i śpiący przespacerowali się pod przyszłą bibliotekę i wsiedli do samochodu. Kuba jako dżentelmen nie mógł nie odwieźć Kasi do domu.

Naczelny podniósł głowę. Popatrzył na nią z niemym wyrzutem. Wiedziała, dlaczego. W propozycji reportażu o Cieniu nie było na razie nic, co mogłoby dowalić poprzedniej partii rządzącej. Ot, taka moda w prasie. Uświadomiła sobie, że w materiale o hakerach mogłaby przynajmniej zasugerować, że siostra Kuby czerpie jakieś korzyści z zapewne nie do końca legalnej działalności brata. A w reportażu o Cieniu nic. Naczelny westchnął. Pewne słowa nie zostały wypowiedziane.

– Rób. To może być znakomity materiał, choć raczej będzie się nadawał do „Super Expressu".

– Zrobię dwie wersje – obiecała z uśmiechem. – Poważną dla nas i sensacyjno-odmóżdżającą dla tabloidu.

– Tia... – naczelny znów westchnął. – Poszukaj, czy nie ma tam czegoś... no wiesz... – pewne słowa znów nie zostały wypowiedziane. Ale Kasia doskonale wyczuwała trend i dotychczas raczej podążała zgodnie z nim.

– Nic na siłę – mruknęła. Naczelny pokiwał głową ze zdziwieniem. Kiedy już odwróciła się, aby wyjść, usłyszała:

– A tę wersję... no wiesz, dla tabloidu, też zrób. Serio mówię. Sprzedamy ją i tyle.

– Dobra. Coś jeszcze? – stała w drzwiach.

– Bierz rachunki – westchnienie. – Zwrócimy ci przynajmniej część kosztów.

– To miłe – stwierdziła z wyraźnym sarkazmem w głosie. Pomachała na pożegnanie i wyszła z gabinetu. Od razu otoczył ją redakcyjny szum. Nie patrząc wokół, poszła do wyjścia.

Doceniała poświęcenie naczelnego. Z odnoszonymi przez nią sukcesami wiązały się też niestety duże koszty. Nie było polityka, którego przynajmniej nie spróbowała kupić, aby uzyskać dobry materiał. Po prostu parła przed siebie jak czołg. Redakcja nie zwracała jej łapówek, ale zważywszy na zyski, jakie przynosiła, refundowała więcej niż standardowe delegacje. No i patrzyła przez palce na dorabianie na boku w agencji PR.

Kiedy pociąg, którym jechała do Łodzi, zatrzymał się na Widzewie, stała się mimowolnym świadkiem bezczelnego rozboju. Dwóch wygolonych młodzieńców w błyszczących dresach trzymało młodego chłopaka, na którego twarzy widniały ślady ciosów, a trzeci z napastników opróżniał kieszenie nastolatka. Kasia zauważyła stojących nieopodal sokistów. Podtatusiali panowie w mundurach patrzyli w drugą stronę na niezwykle interesujące napisy na murze, które chwaliły łódzki Widzew i w niewybredny sposób obrażały ŁKS i inne kluby, najczęściej warszawską Legię.

– Fajnie – szepnęła do siebie. Wyciągnęła telefon i zadzwoniła na policję. Pociąg ruszył. Przez całą drogę do Fabrycznej czekała na połączenie z operatorem. Gdy pociąg znów się zatrzymał, dała sobie z tym spokój. Stwierdziła, że nie ma to już najmniejszego sensu. Wysiadła i postanowiła rozejrzeć się za jakimś hotelem. Stwierdziła, że jeśli chce coś osiągnąć w Łodzi, to musi mieć gdzie spać. Na szczęście niemal naprzeciw dworca zauważyła ohydny budynek z widocznym z daleka napisem „Hotel Centrum". Zawahała się jeszcze chwilę, czy wejść w ciemną czeluść przejścia podziemnego pod ulicą Kilińskiego. W końcu weszła.

Od razu uderzyła ją ponura atmosfera miasta. Niemal milionowa metropolia powinna tętnić życiem, a tymczasem brakowało tu typowego dla Warszawy zaaferowania, pośpiechu. Ludzie zdawali się snuć bez celu. Czując nagły atak klaustrofobii, przebiegła przez przejście i wyszła po drugiej stronie ulicy. Zatrzymała się i popatrzyła jeszcze raz w czeluść przejścia podziemnego. Nerwowym ruchem wyszarpnęła papierosa z paczki i zapaliła z ulgą. Nogi same poniosły ją do celu.

Wyszła z hotelu. Formalności załatwiła bez żadnych problemów, a na dodatek uczynny recepcjonista użyczył jej planu miasta i swojego biletu na okaziciela. Zapamiętała, że należy mu się napiwek. Już wcześniej domyślała się, że do miejsca przestępstwa dojedzie tramwajem. Miała do wyboru dwie w miarę regularnie jeżdżące linie. Kiedy stanęła na przystanku, jej wzrok przyciągnęło torowisko. Tory były niesamowicie wąskie, co wzbudziło jej zdumienie. „Ciekawe, dlaczego szyny mają taki rozstaw?" – pomyślała. Rozmyślania przerwała jej nadjeżdżająca jedynka. Wskoczyła do pierwszego wagonu i ustawiła się przy przednim wyjściu, by przez kabinę motorniczego mieć widok na drogę. Pamiętała adres, ale chciała też zobaczyć, jak wygląda ulica Kilińskiego. Na słynną Piotrkowską postanowiła pójść wieczorem.

Przejechała kilka przystanków i poczuła, że jest coraz bardziej załamana. W oczy rzucały się jej obdrapane kamienice i zacięte twarze przechodniów, a to nie wróżyło niczego dobrego. Dodatkowo tramwaj kołysał się i skrzypiał w sposób, do jakiego nie była przyzwyczajona. Wszystko potęgowało wrażenie rozpadu tego miasta. Nagle poczuła na ramieniu czyjś dotyk i odwróciła się gwałtownie. Starsza pani o sympatycznej, choć zniszczonej twarzy uśmiechnęła się niewyraźnie.

– Pani schodzi? – zapytała krzykliwie. Kasia wytrzeszczyła oczy.

– Nie... Aż tak źle wyglądam? – odpowiedziała pytaniem. Tym razem to starsza pani wytrzeszczyła oczy i Kasia zorientowała się, że chyba nie o to chodziło. Tramwaj zatrzymał się na przystanku i starsza pani wysiadła. Reporterka wybiegła za nią, zorientowawszy się nagle, że właśnie tu powinna wyjść.

Nie bardzo wiedziała, od czego zacząć. Niby przygotowała się, ale to, co zobaczyła, sprawiło, że straciła całą pewność siebie. Było jeszcze dość wcześnie, więc – mimo prószącego śniegu – wciąż w miarę jasno, dzięki czemu nie musiała aż tak bardzo obawiać się o swój portfel i życie. Stała w pobliżu budynku, w którym popełniono morderstwo. Brama była o tej porze dość dobrze oświetlona i widać było przez nią drzwi prowadzące do schodów. Mogła po nich wejść na górę i rozejrzeć się, ale wzdrygnęła się na samą myśl o tym. Dopóki przebywała na ulicy, mogła liczyć na to, że ktoś jej pomoże w razie kłopotów. Zauważyła, że w bramie naprzeciw budynku, w którym zginęły cztery osoby, stoi grupka młodych mężczyzn. Było ich czterech, wszyscy ubrani w dresy. Na twarzach dresiarzy malowało się znudzenie i tępota, ale nie mogła odmówić im sprytu i spostrzegawczości. Zdała sobie sprawę, że obserwują ją i ocenili już, ile mogą na niej zyskać. Miała tylko nadzieję, że sobie poradzi. Musiała bowiem od czegoś zacząć.

– Te, laska, dasz na wino? – usłyszała, gdy znalazła się wystarczająco blisko. Poczuła strach i równocześnie adrenalinę tłoczącą się w tętnice. Uśmiechnęła się i zatrzymała, starając się stać tak, by było ją widać z przejeżdżających tramwajów. – No, laska? Dasz?

– Może... – powiedziała. – Wiecie, co się stało tam? – zapytała, nie dając im czasu na ustosunkowanie się do jej wypowiedzi. Spojrzeli we wskazanym przez nią kierunku.

– Jasne. Wszyscy, kurwa, wiedzom. No nie? – powiedział jeden z nich. Miał świńskie oczka umieszczone w okrągłej, przesyconej sterydami twarzy. Gdyby nigdy nie brał świństw, miałby nawet przyjemną powierzchowność. – Dawaj kasiorę.

– Moment – powiedziała. – Najpierw pogadamy, a potem dostaniecie na wino. I wszyscy będą zadowoleni.

– A ty laska, co? Suka? – zapytał przywódca stada. W oczach mężczyzn pojawiła się wrogość. Uśmiechnęła się pogardliwie, próbując przełamać w ten sposób strach. – Wiesz, kurwa, jak sie, kurwa, traktuje suki, no nie?

– Jestem, kurwa, dziennikarką – próbowała dostosować język do rozmówców. – Piszę reportaż o morderstwie, którego ofiarą padło kilku młodych mężczyzn – oświadczyła. – Może ich, kurwa, znaliście? – wyciągnęła dyktafon. Dresiarze stracili rezon. Nie zachowywała się jak ktoś z policji.

– No jasne, kurwa, że znaliśmy. Możemy, kurwa, powiedzieć, ale masz, kurwa, przynieść kasiorę – powiedział prowodyr.

– A możemy, kurwa, porozmawiać w lepszym miejscu? – zapytała. – W jakimś cieplejszym, kurwa, nie? – Widziała, że jeden z nich wyszedł z bramy i zaczął ją powoli okrążać.

– Ty, kurwa, to ja tu, kurwa, stawiam pieprzone warunki.

– Ty, kurwa, to ja tu mam dostęp do pieprzonej kasy – odparowała. W tym momencie okrążający ją dresiarz zaatakował. Wywinęła się zręcznie i, nie dając pozostałym czasu na dojście, chwyciła napastnika za gardło. Zawsze zaskakiwała znajomych swoją siłą. Jednak nie na darmo ćwiczyła kiedyś regularnie. Najpierw balet, ale rodzice, na szczęście, szybko wybili jej to z głowy. Zwinność jednak została. Potem ćwiczyła Krav Magę. I to się bardzo teraz przydało. Starając się nadać swojej twarzy rozluźniony wyraz, uniosła napastnika kilka centymetrów nad ziemię, trzymając go za szyję. Mężczyzna zsiniał. – Albo pogadamy spokojnie na moich warunkach, albo tak go ścisnę, że nigdy nie będzie już mówił –

powiedziała modląc się w duchu o to, by dać radę jeszcze chwilę utrzymać faceta w górze. Mięśnie już bolały z przeciążenia, ale adrenalina dała jej więcej siły, niż się spodziewała. Dresiarze cofnęli się.

– Dobra, laska. Spokojnie, kurwa. My tylko, kurwa, no… żartowali, kurwa, nie?

– No, kurwa – odpowiedział mu zbiorowy rechot. Kasia cieszyła się, że żaden z nich nie wpadł na pomysł użycia noża. Puściła napastnika.

– O… kuwa… – westchnął, nie mogąc złapać oddechu. Klepnęła go w plecy, nadając mu przy tym kierunek marszu. Czuła, jak miękną jej nogi. Adrenalina krążyła, wtłaczając się do każdego zakątka jej ciała.

– Niezła, kurwa, jesteś – powiedział prowodyr. Uśmiechnęła się niemal zalotnie.

– Dzięki. A ty niegłupi – oświadczyła sarkastycznie. – To jak?

– Może pójdziemy, kurwa, do sklepu? – zastanowił się dresiarz. – Chłopaki, spierdalajcie. Ja z nią, kurwa, pogadam. – „Chłopaki" posłusznie wykonali rozkaz. Uznała, że jest w miarę bezpiecznie.

– Proponowałabym raczej spotkać się za godzinę gdzieś na Piotrkowskiej. – powiedziała Kasia. – Wolę pić zimne piwo w ciepłych miejscach.

Dresiarz uśmiechnął się.

– Ty, kurwa, stawiasz? – A gdy zobaczył skinięcie głowy, dodał: – To, kurwa, w Iriszu, kurwa, na Piotrkowskiej siedemdziesiont siedem.

– Dobra. Za godzinę – skinęła głową. Odeszła i najszybciej jak tylko mogła, wskoczyła do nadjeżdżającej czwórki. Zajęła miejsce siedzące, nie bacząc na to, że musiała odepchnąć jakąś emerytkę. Nie była w stanie dłużej ustać na nogach. Chyboczący tramwaj zawiózł ją w stronę hotelu.

Po trzech piwach dresiarz w końcu wygadał się, że on sam to nic nie widział, ale babcia jego kolegi słyszała mordercę. Uznała, że to już jest coś i, strącając z uda namolną rękę dresa, zażądała spotkania z tą kobietą. W małym mózgu dresiarza przeskakiwały jakieś kółka zębate. Było wręcz widać, że myśli.

– Ale dasz tysiąc – wydusił wreszcie. Starał się mówić w miarę poprawną polszczyzną. Widać było, że Kasia podoba mu się i chciałby jej zaimponować.

– Dwieście – odpowiedziała twardo, choć i tak suma nie była wygórowana. Dresiarz myślał kolejną chwilę.

– Na mniej niż osiemset, kurwa, nie zejdę – moment intensywnego zastanowienia. – Będę musiał coś odpalić tej babci.

– Sama jej odpalę tyle, ile uznam za stosowne – powiedziała zimno. Znów strąciła jego rękę z uda. – Jeszcze raz mnie dotkniesz, to nic nie dostaniesz.

– Kurwa, no co ty, laska – powiedział z wyrzutem. – To czterysta.

– Zgoda – uśmiechnęła się. – Spotykamy się jutro rano. O dziesiątej może być?

– No – skinął głową. Znów chwila zastanowienia. – Może byś, kurwa, tego...

– CO TEGO? – zapytała lodowatym tonem. Uśmiechnął się obleśnie.

– Mogę spuścić, kurwa, z ceny i przekonać babcię, żeby nie chciała kapuchy, jak, kurwa, dasz mi dupy – Kasię zamurowało.

– Chyba cię pojebało, ćwoku – powiedziała wreszcie. – Miałabym iść do łóżka z kimś takim, jak ty? Wolałabym już przespać się z tym zabójcą – wstała od stolika. Nie zwróciła uwagi na wściekłość malującą się na twarzy dresa. Zapłaciła za piwa, wzięła rachunek i wyszła.

Rozmowa ze starszą panią wiele wniosła. Była trochę zaskoczona jej wiekiem. Znając realia takich dzielnic, przygotowała się na spotkanie z kobietą około sześćdziesiątki, tymczasem spotkała się z panią dobrze po osiemdziesiątce. Została poczęstowana paskudną herbatą z gatunku tych najtańszych i usłyszała, że nie ma mowy, aby zapłaciła za opowieść. Starsza pani miała żywy umysł i wiele słyszała. Całe dnie spędzała siedząc w fotelu przy oknie. Tego wieczoru słyszała, jak koledzy jej wnuka chcą kogoś skroić. Nie byłoby w tym nic niezwykłego, gdyby nie to, że frajer w pewnym momencie rzucił jakimś żydowskim słowem, a potem wszystko ucichło. Nic więcej nie słyszała, ale to już było coś. Kasia była przekonana, że policja o tym nie wie. Miała więc przewagę. Kilkakrotnie też upewniła się, że starsza pani wie dobrze, o czym mówi, wspominając o „żydowskim" słowie. Kobieta prawie się obraziła i niemal krzycząc, przypomniała Kasi, że Łódź była kiedyś pełna Żydów.

Stanęła w bramie i zastanawiała się, na który przystanek pójść, gdy usłyszała za sobą szelest. Odwróciła się gwałtownie i spojrzała w twarz dresa, któremu dała wieczorem kosza. Zdziwiła się trochę, gdyż już mu zapłaciła.

– Wyskakuj z kapuchy, dziwko – usłyszała.

– Słucham? – zdziwiła się. – Już ci zapłaciłam.

Kątem oka zobaczyła, jak inni dresiarze powoli ją otaczają. W ręku napastnika błysnął nóż.

– Wyskakuj z kapuchy. A potem... – oblizał się obleśnie. – Mnie żadna kurwa nie odmawia. – Rozglądała się, nie odwracając głowy. Nie miała szans w starciu z nimi wszystkimi, o czym doskonale wiedzieli, ale miała jeszcze szansę uciec. Pytanie tylko, gdzie się schronić. Przypomniała się jej speluna stojąca kilka przystanków dalej w stronę centrum. Pobłogosławiła się za to, że regularnie biega.

– Wal się, pieprzony dresie! – to mówiąc, ruszyła biegiem. Zastępującemu jej drogę dresiarzowi z nożem wbiła pięść w splot słoneczny. Nóż szczęknął o chodnik. Przycisnęła torebkę do siebie. Obejrzała się. Biegli za nią. Przyspieszyła lekko. Utrzymali dystans i zaczęli się zbliżać. Znów przyspieszyła. Oddalili się trochę, ale tylko trochę. Dawali radę utrzymywać jej tempo. Biegła bardzo szybko, choć wiedziała, że długo nie da tak rady. Na razie adrenalina i strach dodawały jej sił.

Do knajpy wbiegła, mając czerwone plamy przed oczami i czując straszliwą kolkę w brzuchu. Serce waliło jej jak oszalałe. Drechy dopadły wejścia kilkanaście sekund później.

– Na pomoc. Policja – wystękała do barmana.

– Pierdol się – odparł barman, ze stoickim spokojem przyglądając się sytuacji. – Nie mam zamiaru oglądać jutro spalonej knajpy. Póki tu nie wejdą, nic nie robię. Coś podać?

– Kurwa... – westchnęła.

– Nie mam. Naprzeciwko – barman wyszczerzył zęby w parodii uśmiechu. Powstrzymała się od splunięcia mu w twarz.

– Wodę bez gazu i kawę.

– Rozpuszczalną czy sypaną?

– Rozpuszczalną.

– Razem cztery pięćdziesiąt – podliczył i od razu zainkasował. Usiadła, patrząc na drechów stojących przed drzwiami. Szczerzyli do niej zęby, jakby chcieli powiedzieć: „Tylko spróbuj wyjść." Musiała ich łączyć z barem jakaś umowa. „Pewnie coś typu żadnych rozrób w barze, a ja wam płacę" – uświadomiła sobie. Zaczęła gorączkowo zastanawiać się, kto jej może pomóc. Rozgrzebała zawartość torebki. Nie udało się jej znaleźć telefonu. Przypomniała sobie, że ostatnio leżał w hotelu, na stoliku przy łóżku.

– Cholera jasna – zaklęła pod nosem. Wypiła duszkiem wodę i spróbowała przypomnieć sobie jakieś numery telefonów. Niestety, wszystkie miała w pamięci komórki. – Jest tu telefon?

– Jest. Nie dzwonisz na komórki ani na policję? – Pokręciła głową w odpowiedzi. W pamięci miała tylko jeden numer. Jego numer. Drżącymi rękoma wykręcała kolejne cyfry na staroświeckiej tarczy i prosiła w duchu dowolną siłę wyższą, by nie okazało się, że on już mieszka gdzie indziej...

Zbliżała się dwudziesta trzecia, bar zamykano o północy. Zamówiła kolejny napój i patrzyła na dresiarza, który stał po drugiej stronie ulicy. Kuba nie odebrał telefonu i choć nagrała mu się na sekretarkę, to straciła nadzieję. Barman nie pozwolił jej już więcej skorzystać z telefonu, więc nie miała nawet jak zamówić taksówki, zaś od stałych bywalców nie mogła oczekiwać pomocy. Ręce jej drżały z narastającego strachu. Wiedziała, że nie ma szans stąd wyjść. Nagle przed wejściem pojawił się znajomy samochód. Rzuciła sto złotych na stół, choć rachunek nie wyniósł więcej niż czterdzieści. Otworzyły się drzwi po stronie pasażera, a z ciemności wychyliła się głowa Kuby. Wybiegła z baru i wskoczyła do auta, przebiegając pomiędzy zaskoczonymi dresiarzami. Kuba ruszył bez pisku opon, którego podświadomie się spodziewała. Po prostu odjechał, jakby nic się nie stało.

Rozdział 2

Od czasu do czasu spoglądał na nią uważnie. Prowadził pewnie i szybko, choć zgodnie z przepisami. Kasia co chwilę oglądała się za siebie i za każdym razem z ulgą stwierdzała, że nikt za nimi nie jedzie. Czuła, że chce ją zapytać o to, co robiła w Łodzi, ale powstrzymuje się. Kiedyś też czekał, aż sama powie, co jej leży na sercu.

– Napijemy się kawy? – zapytał, przerywając nagle milczenie. Wzdrygnęła się.

– Czemu nie – stwierdziła po chwili. – A coś jest jeszcze otwarte?

– Na pewno – skinął głową. – W tym kraju zawsze jest coś otwarte.

– Aha. To może tutaj? – wskazała na błyskającą neonami stację benzynową. Samochód zwolnił i zjechał z szosy. Wysiadł i gestem nakazał jej czekać. Po dłuższej chwili wrócił. Samochód wypełnił się ciepłym aromatem kawy. Przełknęła.

– Co? – zapytał z uśmiechem.

– Pamiętałeś. Podwójna śmietanka, bez cukru – westchnęła rozmarzona. – Choć teraz piję z cukrem.

– Naprawdę? – zdziwił się. Uśmiechnął się, sięgnął do kieszeni i podał jej dwie torebki cukru. Podziękowała ruchem dłoni. Samochód ruszył.

– Pewnie zastanawiasz się, co robiłam w Łodzi i dlaczego potrzebowałam kogoś, kto by po mnie przyjechał – stwierdziła.

– W zasadzie nie – uśmiechał się tajemniczo. – Czekam, aż sama powiesz.

– Aha.

– No dobra. Jestem ciekaw. Twoja wiadomość na sekretarce brzmiała tak przeraźliwie, że aż musiałem przyjechać – westchnął. – Choć miałem inne plany.

– Jakie? – zainteresowała się.

– Zlecenie – stwierdził sucho. – Co robiłaś w Łodzi?

– Zbierałam materiały do reportażu.

– O odczuciach niedoszłej ofiary rabunku, prawda? – zapytał zgryźliwie. Mimowolnie roześmiała się.

– Nie, choć taki chyba też napiszę – pokręciła głową. – O zabójstwie, które miało miejsce w Łodzi. Ktoś zabił Mariusza G. ksywa „Baleron".

– Coś czytałem – powiedział po dłuższej chwili. – I czego się dowiedziałaś?

– W zasadzie niczego – westchnęła. – Poza tym, że zabójca zabił o kilku młodych bandziorów za mało.

– To chyba za mało na reportaż?

– Punkt wyjścia. Jakaś staruszka słyszała, jak morderca mówi po żydowsku.

– W Łodzi? – zdziwił się. – Przecież tam już nas prawie nie ma.

– Nas? – uderzyła się ręką w czoło. – No tak! Przecież jesteś w części Żydem. Jakich słów mógł użyć?

– Nie mam pojęcia – skrzywił się. – Ile lat miała ta staruszka?

– Co to ma do rzeczy? – zdziwiła się. Kuba roześmiał się.

– Zawsze lubiłem cię za twoją inteligencję, więc mnie nie załamuj. Ile?

– Ponad osiemdziesiąt – otworzyła torebkę. – Zresztą posłuchaj – wyjęła dyktafon. Przez dłuższą chwilę szukała odpowiedniego fragmentu. Wreszcie znalazła i puściła. Słuchali w milczeniu. Za oknem migały tylko światła mijanych budynków.

– Hmm… – zamyślił się. – Mówiąc o żydowskim, musiała mieć na myśli jidisz. Jest na tyle stara, że pewnie jest w stanie rozpoznać ten wymarły język. Przewiń jeszcze raz do momentu, w którym mówiła, jak to brzmiało.

– Już – manipulowała chwilę przy dyktafonie. – I?

– Chyba miała na myśli słowo „Meszuge" – stwierdził po chwili. – Takie coś, jak nasze „o rany". To znaczy tak używane, bo oznacza chyba coś innego. Nie znam jidisz, więc ci nie powiem na pewno.

– Rozumiem – wyjrzała przez okno z uczuciem lekkiego zawodu. Zobaczyła drogowskaz. – Warszawa trzydzieści – przeczytała. Odetchnęła z ulgą, że już niedługo będzie w domu.

Niemal wniósł ją do mieszkania. Starannie przekręcił zamek, upewniając się, że drzwi są zamknięte. Kasia natychmiast skierowała się do sypialni, rzuciła się na łóżko i włączyła telewizor, choć szanse na to, że o trzeciej rano będzie cokolwiek ciekawego do oglądania, były marne. Popatrzył chwilę, jak jej zielone oczy wpatrują się tępo w telewizor i uznał, że widocznie tak odreagowuje stres. Skierował swe kroki do kuchni. Nastawił wodę na kawę i usiadł przy stole. Zapalił papierosa i zaczął rozglądać się za czymś do czytania. Jego wzrok padł na leżące na krześle papiery będące najwyraźniej kopiami policyjnych raportów. Zaciekawiony sięgnął po nie.

– Hmm, a więc nie kłamałaś – mruknął pod nosem. Pierwsze dokumenty były sporządzone przez jeden z łódzkich komisariatów policji, ale następne nosiły już dziwne sygnatury. Ni to Komendy Głównej, ni to Stołecznej. To go zastanowiło. Co prawda po rzuceniu informatyki studiował teraz politologię, więc nie był specjalistą od policji, ale podczas pomagania siostrze w kampanii wyborczej poznał sporo ludzi i zdobył trochę informacji. Znał zatem wcale nieźle strukturę polskiej policji i ta sygnatura nie pasowała do żadnego z jej szczebli. Zaintrygowany zaczął czytać.

Przeciągnął się, uświadamiając sobie niejasno, że jest już prawie szósta rano. Lekturę zaczął o trzeciej. Jeszcze raz popatrzył na kserokopie i uznał, że chętnie poczytałby więcej. Zajrzał do sypialni, ale Kasia spała tak słodko, że nie miał sumienia jej budzić. Usiadł w fotelu naprzeciw łóżka i zasnął.

Kasia wyprawiła go do domu około ósmej rano. Był śmiertelnie zmęczony i bał się prowadzić, zostawił więc u niej kluczyki i poprosił, aby odstawiła mu samochód po południu. Zgodziła się bez problemu, a on mógł spokojnie zażyć porannego spaceru z alei Szucha na róg Niepodległości i Odyńca. Skręcił z Puławskiej w Rakowiecką, oczy same mu się zamykały, więc tuż przed Ministerstwem Spraw Wewnętrznych i Administracji wpadł na jakiegoś mężczyznę wysiadającego właśnie z samochodu.

– Uważaj, jak chodzisz, ćwoku – powiedział mężczyzna. Kuba otworzył oczy i przyjrzał się mu uważnie. Mężczyzna był wysoki i postawny. Miał około czterdziestu lat, siwiejące już lekko ciemne włosy i jasne, rozbiegane oczy.

– Przepraszam. Jestem zmęczony, całą noc nie spałem – wytłumaczył się pokornie. Mężczyzna skinął głową. Najwyraźniej wiedział, co to znaczy nie spać całą noc. – Coś panu wypadło. – Kuba podniósł z chodnika etui na dokumenty. Mignęła mu legitymacja z logo Urzędu Ochrony Państwa. Mężczyzna podziękował i wszedł na teren ministerstwa. Kuba odszedł zaś swoją drogą.

Zamknąwszy drzwi za Kubą, udała się do kuchni. Musiała napić się kawy. Przełożyła dokumenty z powrotem na krzesło.

Nie czuła gniewu za to, że czytał. Przeprosił ją. Przyjrzała się im jeszcze raz. Lektura pochłonęła ją, ale nie straciła kontaktu z rzeczywistością. Wyciągnęła dyktafon i ponownie zaczęła słuchać taśmy. Nagle uświadomiła sobie, że ta babcia prawdopodobnie widziała mordercę. Powiedziała, że kilka minut przed zabójstwem widziała jakiegoś nastolatka wysiadającego z tramwaju. Kasia zdziwiła się, że wcześniej nie zwróciła na to uwagi. Łyknęła kawy i zaczęła się zastanawiać. Policja była przekonana, że zabójca jest wysportowanym mężczyzną między trzydziestym a czterdziestym rokiem życia. Skoro jednak Cień mógł się wcielić w nastolatka, to równie dobrze mógł być kobietą. Chwyciła za telefon. Gdy Marek odebrał, rzuciła krótko:

– Chcę więcej.

Grupa studentów opuszczała powoli budynek przy Krakowskim Przedmieściu 3. Kuba jednym uchem słuchał tego, co mówili koledzy, a drugim nasłuchiwał, czy aby nie woła go siostra. W końcu umawiali się, że po posiedzeniu zajrzy pod uniwerek. Rozejrzał się jeszcze, ale nie zauważył jej, więc wyciągnął telefon. I od razu zrozumiał, że popełnił błąd.

– Łaaa… Pokaż, co masz – Norbert zajrzał mu przez ramię. – O, najnowszy model Ericssona. Łał.

– A nie miałeś Nokii 1611? – zapytał Konrad, spoglądając mu przez drugie ramię. – Jaki to dokładnie model?

– Ericsson GA 628. Nokii się pozbyłem, ten szajs mnie wkurzał – mruknął Kuba zniechęconym tonem. Nie znosił rozmów o komórkach. Gdyby mógł, to by w ogóle nie posiadał takiego urządzenia, ale dzięki niemu możliwy był stały kontakt z siostrą. – A teraz pozwólcie mi go włączyć.

– Jasne, stary – wyszczerzył zęby Norbert. – Idziemy do Nory?

Siedział w Norze i wsłuchiwał się w coraz bardziej prze-
mądrzałe tyrady Konrada i Norberta. Marta i Aśka tylko asy-
stowały, choć Kuba doskonale wiedział, że są od nich obu
mądrzejsze. Najwidoczniej chciały, aby chłopcy poczuli się
dobrze. Na siostrę musiał, niestety, poczekać, bo posiedze-
nie Sejmu przedłużyło się. Nagle Konrad wstał i podszedł do
baru. Wszyscy obejrzeli się za nim, gdyż przerwał w środku
zdania. Szybko stało się jasne, że powodem jest atrakcyjna
blondynka o całkiem przyjemnej twarzy i zielonych oczach.
Konrad rozmawiał z nią i zachęcał, aby się do nich przysiadła.
Najwyraźniej z powodzeniem.

– Słuchajcie! – Konrad zabrał się do prezentacji. – To jest
Kamila, moja znajoma – mówiąc to, wlepił w nią maślany
wzrok, co zostało przez nią starannie zignorowane. – Poznaj-
cie się. Marta – uścisnęły sobie dłonie, mierząc się wzrokiem.
Marta już od dawna polowała na Konrada, więc zrozumiałe
jest, że uścisk dłoni był wyraźnie chłodny. – Asia – neutralny
uścisk. – Norbert – następny facet wpatrujący się maślanym
wzrokiem w Kamilę. – Kuba – uścisnął jej dłoń, patrząc prosto w oczy. Nie spodobało mu się to, co w nich zobaczył.
Usiadła koło niego, więc siłą rzeczy poczuł się jednak zmu-
szony do nawiązania luźnej konwersacji.

– Skąd znasz Konrada? – zapytał, obracając papierosa
w dłoni. Postawiła ostrożnie swoje piwo na stoliku.

– Poznaliśmy się dawno temu – powiedziała wymijająco.
– Nie chodziłeś do Kochanowskiego?

– Owszem – skinął głową. – A co? – przyjrzał się jej uważnie. Zaczynał mieć wrażenie, że już gdzieś ją widział.

– Chodziliśmy do jednego liceum – uśmiechnęła się.

– Naprawdę? – zdziwił się uprzejmie. – W którym roku
zrobiłaś maturę? ·

– W zeszłym. A ty?

– Trzy lata temu – przyglądał się jej uważnie. – No tak, faktycznie. Chodziło za tobą pół szkoły.

– Przestań – zaczerwieniła się. Nie miał zamiaru przyznawać się, że on też należał do tej połowy. Przynajmniej do momentu, w którym zaczął spotykać się z Kasią. Zastanowiła go jedna rzecz. Rzadko wyróżniał się z tłumu, jeśli tego nie chciał, a ona jakimś cudem go zapamiętała. I miała coś dziwnego w oczach. Nagle usłyszał, że jego telefon dzwoni.

– Wybacz – podniósł się z ławy. – Muszę odebrać.

– Rozumiem – skinęła głową. Konrad i Norbert obrócili się w ich stronę.

– Szpaner – powiedzieli obaj jak na komendę. Kuba uśmiechnął się pod nosem. Nigdy nie lubił tej typowo samczej rywalizacji o kobietę. Szczególnie od momentu, gdy dowiedział się, że i tak to kobieta decyduje o ostatecznym wyniku zawodów. Wiedza ta ułatwiała mu polowania w klubach. Wyszedł przed Norę.

– Kuba.

– Hej, brat. Gdzie jesteś?

– W Norze. Dołączysz?

– Wpadnę po ciebie i zrobimy sobie spacer, co?

– Nie ma sprawy – uśmiechnął się. Wrócił do znajomych. Konrad był już nieźle spity i perorował o czymś zawzięcie. Kuba zauważył w oczach Kamili autentyczne zainteresowanie tym, co mówił kolega, więc postanowił też posłuchać.

– No i mój stary koordynuje to śledztwo. Mówię wam, sprawa jest ściśle tajna! Chodzi o najlepszego polskiego zawodowego zabójcę!

– Tak? A kto to taki? – włączył się Kuba. – Powiedział już coś na ten temat, czy wmawia nam, że jego stary jest taki ważny?

– Powiedział. Siedź cicho – ofuknęła go Kamila. – Konrad, a jak z tym Cieniem kontaktują się klienci? – wszyscy spojrzeli na nią ze zdziwieniem. Konrad podrapał się po głowie.

– No, stary mi tego jasno nie mówił, ale chyba przez e-mail. Cień ma pozakładane skrzynki, takie jak shadow@yahoo.com i tym podobne.

– Aha – Kamila pokiwała głową ze zrozumieniem.

– A jest ktoś, kogo podejrzewają? – zapytał Kuba. – Chyba mają jakiegoś podejrzanego?

– Z tym jest kłopot – wystękał po dłuższej chwili Konrad. Zamyślił się nad czymś.

– Jak to kłopot? – zdziwiła się Kamila. – Chyba nie działa od wczoraj...

– Powinni mieć już kogoś wytypowanego – weszła jej w słowo Marta. Kuba pokiwał poważnie głową. Konrad zakołysał się, dumając, i wreszcie wykrztusił:

– Mają tylko profil psychologiczny, ale niepełny.

– Jak to niepełny??? – zawołali wszyscy.

– No, nie wiedzą, czy to mężczyzna czy kobieta...

– Osz ty... – mruknął Kuba. W tej chwili zobaczył wchodzącą do Nory siostrę. Westchnął i pożegnał się ze wszystkimi. Wychodząc, zauważył kątem oka, że Kamila odprowadza go wzrokiem...

Należało już do tradycji, że spacery z Krakowskiego Przedmieścia na ulicę Zamenhofa, gdzie mieszkała Weronika, odbywały się raczej w milczeniu. Zaczynali rozmawiać dopiero przy placu Bankowym, gdy przetrawili już cały dzień i przygotowali w myślach propozycje zakupów, które i tak sprowadzały się do piwa. Tym razem było jednak inaczej. Przy Wierzbowej Kuba zauważył bowiem mężczyznę o ciemnych, siwiejących włosach. Facet skinął głową komuś idącemu za nimi, a następnie podążał tropem rodzeństwa aż do placu Bankowego. Nie byłoby w tym nic niezwykłego, gdyby nie to skinięcie skierowane najwyraźniej do mężczyzny, który szedł za nimi od Nory.

– Chyba rzeczywiście cię śledzą – mruknął Kuba. – Nie oglądaj się.

– Co? – Weronice udało się powstrzymać odruch.

– Ale nie wiem, czy cię śledzą czy dyskretnie chronią – dodał. Weronika, nie przerywając marszu, spojrzała na brata uważnie.

– To znaczy? Mów jaśniej, a nie aluzjami – zażądała.

– To znaczy, że śledzą cię profesjonaliści, co oznacza służby specjalne. A jak służby specjalne, to UOP, czyli Firma. Jak zwał, tak zwał – nie uśmiechał się, choć mówił na wpół żartobliwym tonem.

– No w mordę. Pójdę do Swetra i zażądam wyjaśnień...

– Nigdzie nie pójdziesz, bo nie mamy pewności ani dowodów – przerwał jej. – Porozglądam się ostrożnie i czegoś się dowiem. Mam nawet od kogo.

– Nie wiedziałam, że masz takich znajomych – powiedziała dziwnym tonem. – Choć... mogłam się tego spodziewać.

– Ty też masz – wyszczerzył zęby w uśmiechu. – To Kasia. Nie dość, że dziennikarka, to jeszcze ma dziwne konszachty z Kubańczykami.

– Nic o tym nie wiem – zastrzegła od razu. – Kupimy piwo i pogadamy w domu.

– Dobra – zgodził się tym chętniej, że dochodzili już do placu Bankowego. Mężczyzna zniknął. Kuba też by tak zrobił na jego miejscu. Tutaj wystarczyło tylko ustawić ludzi, którzy by patrzyli. Nikt nie musiał już za nimi iść.

Rozdział 3

Siedział naprzeciwko Kasi w jej kuchni. Dotychczas oglądał ją tylko wieczorami, więc rozglądał się z zaciekawieniem. Kuchnia była jasna i przestronna. Kasia uśmiechała się do niego. Spojrzał w jej zielone oczy.

– Potrzebuję twojej pomocy – powiedział prosto z mostu. Zmarszczyła brwi.

– Co masz na myśli?

– Nie wiem, jak to ująć – westchnął. Uśmiechnęła się.

– Najprościej.

– Dobra – machinalnie sięgnął po papierosa. – Najwyraźniej UOP śledzi Weronikę. Chcę się dowiedzieć, o co chodzi.

– Chyba żartujesz – powiedziała po dłuższej chwili milczenia. Potrząsnęła głową, jej ciemne włosy rozsypały się wokół twarzy. Kuba poczuł dziwne ciepło ogarniających go wspomnień. Z trudem skupił się na tym, co w tej chwili było dla niego ważne. Kasia nie miała ochoty pomóc.

– Nie pomożesz mi, mimo to, że ja ci pomogłem? – zapytał retorycznie. Pokiwała głową. Westchnął. – Proszę cię, Kasiu. Jesteś dziennikarzem, masz dojścia.

– Nie – powiedziała twardo. – Nie będę ryzykować. Nawet dla ciebie. Poza tym przeceniasz moje dojścia – znów potrząsnęła głową. Kuba westchnął. Przez dłuższą chwilę bił się z myślami. Wreszcie, czując się podle, podniósł głowę i spojrzał prosto w jej oczy.

– Zawsze należy zamykać drzwi na klucz – powiedział po hiszpańsku. Kasia wzdrygnęła się. W jej oczach pojawiło się przerażenie. Trzęsącymi się rękami sięgnęła po papierosa.

– Co jeszcze wiesz? – zapytała, próbując trafić płomieniem zapalniczki w papierosa.

– Wystarczająco – stwierdził zimno Kuba. – Pomożecie, towarzyszko? – Kasia zrezygnowała z papierosa i ukryła twarz w dłoniach. Kuba czuł się fatalnie. Wyciągnął rękę i dotknął jej dłoni. – Przepraszam, że tak wyszło.

– Przepraszasz... – powiedziała, nie odkrywając twarzy. – Zawsze taki byłeś. Pomogę ci. Nie mam wyjścia.

– Dziękuję – westchnął z ulgą, choć kamień nie spadł mu z serca. Machnęła ręką. Zrozumiał ten gest. Chciała zostać sama. Wstał, pocałował ją w głowę i wyszedł.

Następnego dnia rano obudził go telefon. Zwlókł się z łóżka i poczołgał do stolika. Miał gigantycznego kaca, poprzedniego dnia upił się całkowicie, próbując pozbyć się uczucia, że postąpił paskudnie wobec Kasi.

– Hej! – usłyszał jej wesoły głos.

– Hę?

– Mam, co chciałeś. Mogę wpaść?

– Lepiej zajdź świadomie – poradził mimochodem.

– Żartowniś – roześmiała się. – Za godzinę będę u ciebie. Pasuje?

– Jasne – mruknął. – Przyniosłabyś mi gazetę i jakiś kwaśny sok?

– Nie za dużo wymagasz? – zdziwiła się wesoło. – Piło się wczoraj?

– No.

– Będę szybciej – obiecała. Kuba uśmiechnął się i poczołgał do łazienki, narzekając pod nosem na głośno tykający zegar.

Dzwonek zadzwonił krótko, za co Kuba był Kasi głęboko wdzięczny. Choć byłby bardziej, gdyby korzystając z kluczy, których nie oddała kilka lat wcześniej, po prostu otworzyła drzwi. W zasadzie doszedł już do siebie, w czym wydatnie pomógł mu kieliszek wódki, ale wciąż odczuwał wczorajsze picie do barmana i do lustra. Kasia weszła i rozejrzała się czujnie. Starannie położyła klucze w tym samym miejscu, co zawsze – na stoliku przy drzwiach, i przekręciła zamek.

– Hej – powiedziała z uśmiechem. Gdyby miał większego kaca, nie zauważyłby, jak smutne ma oczy.

– Cześć – cmoknął ją w policzek. Nie broniła się, ale zadrżała lekko. Nie pozwoliła chwycić się w objęcia.

– Fatalnie wyglądasz – stwierdziła. – Z jakiej okazji piłeś?

– Z twojego powodu – mruknął, nim zdążył ugryźć się w język. Spojrzała na niego z niemym zdziwieniem, po czym weszła do kuchni. Usiadła tyłem do okna, tak jak zawsze. Kuba poczuł, jak dopada go fala wspomnień.

– Mam, co chciałeś – powiedziała, wyjmując z torebki wypchaną teczkę formatu A4. – Kserowałam całą noc. Dlaczego z mojego powodu?

– Dziękuję. Kawy?

– Herbaty, poproszę.

– Czuję się jak świnia, choć nie wiem, czy powinienem – westchnął. Włączył czajnik i wyjął kubki. Ręka zadrżała mu, gdy po raz pierwszy od lat wyjmował jej kubek. Starannie przetarł go szmatką, opłukał i znów wytarł. Nasypał na dno jej ulubioną herbatę Sencha – każdego roku kupował nową paczkę, aby zawsze była w gotowości. Dokładnie dwie łyżeczki i jeszcze ćwiartkę.

– Jak ty wszystko pamiętasz... – westchnęła. Potrząsnęła głową i wyciągnęła papierosa. – Powinieneś czuć się jak świnia. Zaszantażowałeś mnie.

– Wiem – zwiesił głowę – ale robię to dla Weroniki. Ona jest najbliższą mi osobą, odkąd... – tym razem ugryzł się w język. Kasia zrozumiała, czego nie powiedział. Szybko zmieniła temat.

– Nietrudno było się do tego dostać. Wszystko zaczęło się zaraz po wyborach, ale w tych papierach, niestety, nie ma odpowiedzi na najważniejsze pytanie...

– Dlaczego? – wszedł jej w słowo. Skinęła głową.

– Właśnie.

– Ale przynajmniej mamy odpowiedzi na pytania o to, kto i jak? – uśmiechnął się. – A to już coś. Być może wystarczy to nam do znalezienia odpowiedzi na pytanie: dlaczego?

– Może – zamyśliła się. Nagle poderwała się. – Mieszkanie jest czyste?

– Jest – powiedział z kamienną miną. – Chyba, że nie wyłączyłaś komórki i nie odłączyłaś baterii.

– Masz mnie za idiotkę?

– Nie. Oczywiście, że nie – czajnik zadzwonił. Zalał herbatę i podał jej. Sam zajął się przyniesionym przez nią sokiem cytrynowym. Usiadł na wprost niej i zapalił papierosa. Zauważył, jak czułym gestem pogładziła kubek, nim wzięła go w ręce i napiła się herbaty.

– No więc kto?

– Pom i jego brygada. Odzyskują pozycję w służbach – powiedziała krótko.

– Ale w jakim celu śledzą posłów opozycji? – zdziwił się Kuba. Kac ograniczał jego zdolność kojarzenia.

– Dla haków – mruknęła. – Każdy się przyda przy ważnych głosowaniach.

– Nie chrzań. Mają stabilną większość. No, prawie stabilną. W tym musi być drugie dno.

– Nie musi. Nie musi – zamyślili się. Wreszcie Kasia wstała i stwierdziła, że musi już iść. Kuba przytulił ją na pożegnanie. Kiedy wyszła, odważył się wreszcie powiedzieć:

– Wciąż za tobą tęsknię, kurwa mać…

Szare, ponure bloki stojące przy ulicy Bernardyńskiej zdawały się dominować nad okolicą, jeśli podeszło się do nich zbyt blisko. Na rogu Powsińskiej stał jedyny kolorowy punkt w okolicy – mały osiedlowy supermarket. Kasia wyszła z niego i ignorując zacinającą mżawkę, skierowała się w stronę Siekierek. Po drodze wstąpiła jeszcze do kiosku, pamiętając, że ma kupić „Wiadomości Kulturalne". Wymagania „Źródła" były co najmniej ekscentryczne. Pół dnia spędziła na giełdzie komputerowej w poszukiwaniu jakiejś najnowszej karty graficznej, płyty głównej i procesora, a oprócz tego miała kupić kilka gazet, głównie komputerowych, ale też „Guardiana" i właśnie „Wiadomości Kulturalne". Do tego zażyczył sobie kartonu tanich papierosów i butelki wódki. Nie dyskutowała z nim, doskonale wiedziała, że za części komputerowe dostanie pieniądze. „Źródło" po prostu nie lubił wychodzić z domu. Wolał kisić się w dusznym trzypokojowym mieszkaniu o oszałamiającej powierzchni czterdziestu dwóch metrów kwadratowych.

Śmierdząca winda wiozła ją na dwunaste piętro. Pomimo obrazu nędzy i rozpaczy, jaki ujrzała Kasia wsiadając, winda wiozła pewnie i cicho. Była po prostu brudna. Nawet hamowanie wyszło gładko i bezszelestnie. „Źródło" czekał, stojąc w otwartych drzwiach.

– Masz? – zapytał niecierpliwie. W pożółkłych palcach trzymał spalonego do filtra papierosa. Kasia ponownie odkryła w sobie niechęć do fizjonomii tego człowieka. Tłuste, rzadko myte włosy, okulary jak denka od butelek, a do tego wychudła blada twarz o nieprzyjemnie ostrych rysach.

– Mam. A ty? – odpowiedziała, pokazując ciężkie siatki. „Źródło" uśmiechnął się i zachęcił ją gestem do wejścia. Przestąpiła próg i natychmiast ogarnęło ją wrażenie, że nawet powietrze jest tu lepkie od brudu. Mieszkanie śmierdziało i było po prostu brudne. Wszędzie leżały książki, gazety i części komputerowe w różnych stadiach destrukcji. Kasia powstrzymała odruch wymiotny, woląc nie myśleć o tym, co dzieje się w łazience.

– Co ci? Zjadłaś... coś nieświeżego? – zapytał. Kasia z trudem powstrzymała się od westchnięcia. Weszli do pokoju, w którym stało kilka komputerów. Okno było uchylone, na szczęście. Wreszcie udało się jej odetchnąć pełną piersią. „Źródło" zgarnął z łóżka stos papierów. Zachęcił ją gestem, by usiadła. Przyjrzała się uważnie i nie zauważywszy niczego niepokojącego, usiadła.

– Więc? – zapytała, starając się uśmiechać. Nerwowo szukała papierosa w torebce. „Boże! Jak najszybciej być w domu i zmyć z siebie tę wizytę!"

– Całkiem... sporo – uśmiechnął się „Źródło". – Bank prawie... nie ma zabezpieczeń, ale większość danych mają... w starych...

– Nie obchodzą mnie szczegóły techniczne – przerwała mu zimno. Udało się jej znaleźć papierosy. – Chcę dostać wyciągi.

– Już, już – uśmiechnął się. Spojrzał na nią przenikliwie i wręczył jej plik wydruków. Chwyciła je zachłannie i zaczęła przeglądać. – Powiesz mi jedną rzecz? – zapytał.

– Hę? – zdziwiła się, odrywając wzrok od pierwszej strony, zawierającej wyciąg z marca 1994 roku.

– Dlaczego tak... bardzo interesujesz się stanem posiadania... swojego byłego?

– A co ma do rzeczy, że jest moim byłym? Hm? – zapytała. Spodziewała się takiego pytania z jego strony. W końcu był przyjacielem Kuby.

– Nic – westchnął, wyciągając papierosa. – Ale wyciągi stanowią fascynującą lekturę. Kiedy my jeszcze… wyciągaliśmy od rodziców kieszonkowe… on zarabiał więcej niż sto tysięcy rocznie – powiedział niewinnym tonem.

– …! – Kasia nie spodziewała się aż takich rewelacji. Tym bardziej, że na pierwszej stronie, zawierającej zresztą dane z okresu, gdy była z Kubą, nie było niczego szczególnego. Poza stanem konta.

– Więc?

– Nie wiem, jak zacząć – westchnęła. – Trochę za bardzo interesuje się służbami specjalnymi. Podobno dla siostry, która jest posłem opozycji.

– Przecież nie ma w tym… nic szczególnego – powiedział. Kasia uświadomiła sobie nagle, że „Źródło" mówi w dziwny sposób.

– Coś ci jest, Maćku? – zapytała, dziwiąc samą siebie ciepłą barwą swojego głosu. Pokręcił głową.

– To… od palenia – odpowiedział z trudem. Pokiwała głową. Maciek od dawna palił więcej niż dwie paczki dziennie, a zaczął jak większość, w wieku szesnastu, siedemnastu lat.

– Rozumiem – powiedziała. Zamyśliła się. Faktycznie, pani poseł mogła interesować się służbami specjalnymi, a one nią. I nie było w tym nic szczególnego, zwłaszcza w kraju, w którym każdy szuka haka na każdego. – Ale ja czuję coś moim dziennikarskim nosem, kuźwa! – pomyślała na głos.

– I dlatego… sprawdzasz Kubę? – Maciek pokiwał głową ze zrozumieniem i dodał: – To… ma sens.

„Jasne, że ma sens" – pomyślała Kasia. „To zawsze ma sens". I zaczęła pytać Maćka o hakerów. Kuba Kubą, Cień Cieniem, ale reportaż o hakerach przydałoby się mieć w zapasie. A na Kubę w tej materii raczej nie mogła liczyć.

W przerwie wykładu studenci szturmem opuścili salę imienia Czarnowskiego i rzucili się do nielegalnej palarni w sieni. Kuba stanął z boku, jak zwykle. Tym razem szybko pojawił się przy nim Konrad. Był z Kamilą.

– Cześć, Kuba.

– Cześć – rzucił krótko, zajęty swoimi myślami.

– Kamila chce ciebie o coś zapytać – powiedział Konrad.

– Niech pyta – mruknął nieuprzejmie Kuba, nerwowo zaciągając się papierosem. Bez sukcesów myślał o drugim dnie.

– Słyszałam, że napisałeś świetną pracę z filozofii – zagaiła Kamila, patrząc na Kubę kokieteryjnie. Mimo wszystko, męskie ego Kuby poczuło się mile połechtane.

– No i? – zapytał przyjemnym tonem.

– Chciałabym ją od ciebie kupić – powiedziała prosto z mostu. Kuba zauważył, że Konrad wyszedł na zewnątrz. Kamila mówiła cicho, mocno nachylona w stronę Kuby. Czuł zapach jej perfum, Allure, dziwnie kontrastujących z jej dziewczęcą twarzą, ale pasujących do kobiecej figury. Mógł też zajrzeć w jej dekolt i stwierdzić, że nosi granatowy stanik typu push-up, choć przy jej rozmiarze było to zbędne.

– Hmm. Ciekawe – uśmiechnął się. – I ciekawa technika kupna. Chcesz płacić w naturze? – zapytał żartobliwie. Jej twarz skamieniała, odsunęła się lekko.

– Wolę płacić gotówką – wycedziła lodowatym tonem. Kuba zastanowił się. Nagle coś do niego dotarło. Kamila przyszła do szkoły rok po nim, ale maturę zdała dwa lata później niż on. A nie należała do złych uczennic. Przypomniał sobie, że jak był w czwartej klasie i przestał się bezowocnie za nią uganiać, ona nagle zniknęła. Na dość długo.

– Sto złotych. A mówiąc o płatności w naturze, miałem na myśli jakieś ziemniaki albo coś – uśmiechnął się, starając się załagodzić sytuację. – Zdradzę ci coś w tajemnicy – nachylił się w jej stronę, chcąc powiedzieć coś, co i tak było tajemnicą poliszynela, choć było przy okazji całkowicie nieprawdą:

– Zarabiam jako żigolak.

– Naprawdę? – spojrzała na niego z autentycznym zdziwieniem. – Pieprzysz.

– Spytaj dziewczyn, tylko dyskretnie. Chłopaki nic nie wiedzą – wyszczerzył zęby. Wolał, aby na uczelni nikt nie wiedział, czym naprawdę się zajmuje i ile ma kasy. Nie opędziłby się od dziewczyn, a tak – trzymały się na dystans. – A dziewczyny wiedzą. Początkowo myślały, że jestem gejem, no wiesz, ta dbałość o wygląd.

– Nie wierzę – Kamila pokręciła głową ze śmiechem. – Wynajmuję cię w takim razie na jutrzejszy wieczór.

– Spoko. Tysiąc pięćset, z seksem dwa i pół tysiąca – powiedział rzeczowo. – Tylko podaj mi swoje wymagania.

– Eeee... Zadowolę się pracą za stówę. Wyślesz mi ją mejlem?

– Jasne. Daj kasę i podaj adres.

– Masz – wręczyła mu kartkę z adresem i banknot. – A na kawę mógłbyś mnie zaprosić swoją drogą – zasugerowała.

– Może... – uśmiechnął się. Schował pieniądze i spojrzał na kartkę. Kamila nie zauważyła, że na ułamek sekundy oczy rozszerzyły mu się ze zdziwienia.

Rozdział 4

Oderwawszy się niechętnie od lektury tygodnika, Weronika otworzyła drzwi i spojrzała krzywo na brata.

– Mógłbyś mniej natarczywie dzwonić.

– Nie, nie mógłbym – powiedział i wepchnął się do środka. Weronika roześmiała się, gdy zobaczyła, gdzie się skierował. Podniosła z podłogi siatki z piwem i chipsami.

– Ależ ci się spieszyło, brat.

– Dziwisz się? – zapytał. – A co to, kurwa, jest? – rzucił nagle.

– Nowy odświeżacz powietrza – odparła myśląc, że ma na myśli sprowadzony prywatnie z Izraela perfumowany odświeżacz wyglądający jak body spray.

– Nie to, to, co widać w kratce wentylacyjnej.

– Słucham? – zdziwiła się. Odczekała, aż brat skończy potrzebę. Otworzył drzwi.

– Sama zobacz – wszedł na muszlę.

– Ekhmm... Mógłbyś spuścić wodę – mruknęła.

– Przepraszam – nacisnął odpowiedni przycisk i wrócił do manipulacji przy kratce.

– I co to jest?

– Pluskwa – stwierdził, wyciągając urządzenie. Weronika mogła wreszcie na własne oczy zobaczyć mechanizm znany jej dotąd tylko z filmów i książek – podsłuch.

– Z własnym źródłem zasilania – powiedział z podziwem. – Reaguje na dźwięk.

– Jak myślisz, jest tu tego więcej?

– Musi – opuścił toaletę i skierował się do łazienki. Umył ręce i zaczął oglądać kratkę w łazience. – Tu też jest.

– No kurwa mać! – wyrwało się Weronice. – To jest bezczelne. Jestem posłem.

– Przesadzacie moim zdaniem – stwierdził Kuba wprost do mikrofonu. Po oczyszczeniu łazienki stanął na środku mieszkania i rozejrzał się. Weronika popatrzyła na niego uważnie.

– No i?

– Potrzebuję śrubokrętu, gumowych rękawiczek, latarki i tym podobnych.

– Znaczy się narzędzi? – skrzywiła się. – A po co ci gumowe rękawiczki?

– Przecież nie będę ryzykował porażenia prądem, pani inżynier – odpowiedział kąśliwie. Roześmiała się, schyliła się do szafki, wyjęła latarkę i pchnęła korki. Zgasło światło.

– Uniwerek – mruknęła złośliwie. Kuba spojrzał na nią. Pokiwał głową, po czym podszedł do korków.

– Słowo – mruknął. I nastała jasność. – Muszę jakoś szukać – wytłumaczył. – Wyłączysz, jak znajdę.

– Okej – zgodziła się. Kuba zaczął chodzić po mieszkaniu, mamrocząc pod nosem niczym schizofrenik podczas ataku. Przypatrywała mu się z niepokojem, ale nie przeszkadzała.

Patrzyli na efekt swoich „żniw". Na stole w kuchni leżało osiem urządzeń. Małych, niepozornych. Weronika była skrzywiona i tak wściekła, że nawet nie piła swojego piwa. Kuba przeciwnie, był już rozluźniony i z zadowoleniem popijał bursztynowy płyn.

– Musimy założyć, że telefony też są na podsłuchu – stwierdził autorytatywnie. Weronika skrzywiła się jeszcze mocniej.

– Kuźwa… – westchnęła. – Mam nadzieję, że mają chociaż pozwolenie sądu.

– Jasne… – roześmiał się Kuba. – Mają. Akurat.

– Ale po co? – patrzyła na podsłuchy. – No, po co?

– A ja wiem? – wyciągnął papierosa. – Ty lepiej zapytaj, jak ci je założyli. Musieli się włamać.

– Kurwa. Pieprzone złamasy – zaklęła brzydko.

– Sam bym tego lepiej nie ujął – uśmiechnął się szeroko. Zgarnął urządzenia na podłogę i starannie zdeptał, robiąc przy tym głupie miny. Weronika rozluźniła się i roześmiała szeroko. Wypiła łyk piwa i zaczęła rozmawiać z bratem, który zwierzył się z rozmowy z Kamilą. Gdy już wysłuchała opowieści, zapytała krótko:

– A co ci szkodzi ją przelecieć? Jak chce, znaczy… masz okazję.

– Wiem, ale…

– Co ale?

– Kasia, no wiesz… – spojrzał tęsknie w stronę okna, jakby w nadziei, że pojawi się tam Kasia.

– Brat… Nie lubiłam jej, ale teraz, gdy już wiem, co jej robiłeś, to ją lubię – potrząsnęła głową. – Ale wydaje mi się, że nie powinno się wchodzić dwa razy do tej samej rzeki… Chyba nie powinno…

Całą drogę rozmyślał o tym, co powiedziała mu siostra. Podsłuchami już się nie przejmował, uważając temat za zamknięty. Powoli wchodził po schodach, zastanawiając się, jak skontaktować się z Kamilą inaczej niż przy pomocy e-maila. Prochu jednak nie wymyślił. Stanął przed drzwiami i zaczął szukać kluczy, kiedy zauważył dziwną rzecz. Plama brudu na klamce, będąca mocno ubocznym efektem niedawnej naprawy samochodu, zniknęła. Stan nietrzeźwości zaczął się gwałtownie ulatniać. Rozejrzał się bardzo uważnie wokół. Nie zauważywszy nic szczególnego, otworzył drzwi i wszedł do mieszkania. Poszukiwania rozpoczął natychmiast i nie musiał długo czekać na efekty. Wszystkie podsłuchy ułożył na stole w kuchni i długo na nie patrzył, czując narastające wkurwienie. Przy okazji pobłogosławił samego siebie za zwyczaj aluzyjnego prowadzenia rozmów telefonicznych.

— U mnie też są — rzucił krótko.

— Sukinkoty — stwierdziła Weronika. Rozłączyli się. Zgarnął urządzenia i przeniósł je do pokoju. Położył je koło wieży i wyjął z szuflady płytę Rage Against The Machine. Z szafy wyciągnął spore korkowe pudełko, do którego włożył wieżę, układając kabel zasilający tak, aby wyszedł niewielką dziurką w pokrywce. Wrzucił podsłuchy do pudełka i zadbał, aby znalazły się koło głośników. Następnie włączył muzykę. Po zamknięciu pudełka nadal znakomicie ją słyszał, więc uśmiechnął się wesoło.

— Posłuchajcie sobie — mruknął. Wściekłość prawie go opuściła. Poszedł do swojego gabinetu i włączył komputer.

Po sprawdzeniu rejestru ostatnich operacji odetchnął z ulgą. Nikt się nie włamywał, a przynajmniej nie zostawił śladów. Nie będąc pewnym na sto procent, wyszukał na IRC Maćka. Ten nie dał się długo prosić i błyskawicznie „włamał się" do komputera Kuby, aby sprawdzić go dokładnie. Trwało to trochę, więc Kuba przygotował sobie maila do Kamili, w którym — oprócz pracy i jej opisu — umieścił swój numer telefonu z propozycją spotkania. Gdy skończył, zauważył migającą ikonkę. Kliknąwszy na nią stwierdził, że Maciek sprawdził już jego komputer. Wszystko było w porządku. Zdziwił się jednak, bo po chwili Maciek zapytał, czy mogą się spotkać następnego dnia. Odpisał, że jak najbardziej i wyłączył komputer. Przed snem zniszczył jeszcze podsłuchy i ustawił wieżę na miejscu. Zasnął, wsłuchując się w spokojne tony Chopina.

Sadyba pływała w strugach nieprzerwanie padającego deszczu. Przejeżdżające samochody rozrzucały wodę na całą szerokość chodnika. Wielokrotnie ochlapany Kuba przestał już nawet kląć. Choć uwielbiał jesień, dzisiejszego dnia miał paskudny humor, na co niebagatelny wpływ mieli kierowcy, którzy nie zwracali uwagi na to, co dzieje się z wodą rozchlapywaną przez ich auta. Zasada była prosta. Jak zauważył już kiedyś Kuba – im lepszy samochód, tym większe kałuże. Z ulgą wszedł wreszcie do Pizzy Hut w pawiloniku na rogu Bonifacego. „Wyobraźcie sobie, że jestem zadowolony, że tu wchodzę!" – pomyślał z sarkazmem. Usłużna kelnerka, Pizza Hut miała bowiem aspiracje do bycia siecią restauracji, doprowadziła go do zarezerwowanego wcześniej stolika. Usiadł, zamówił coś do picia i małą pizzę na cienkim cieście – choć wiedział, że nie dostanie tu prawdziwie cienkiego ciasta. Czekał.

Maciek przyszedł zwyczajowo spóźniony. Kuba doskonale wiedział, dlaczego. Sam miał przez moment kłopoty z oderwaniem się od najnowszej lub ulubionej gry albo po prostu od sieci. Maciek miał naturalny talent do łamania zabezpieczeń w sieciach komputerowych. Do tworzenia zresztą też, ale uzależnił się od łatwej rozrywki, przez co nie robił wielkiej kariery. Usiadł przy tym samym stoliku.

– Cześć Ku... ba – przywitał się.

– Cześć. Coś ci jest? – zaniepokoił się.

– To... od palenia – wyjaśnił Maciek. Kuba pokiwał głową ze zrozumieniem i z niepokojem zdusił w popielniczce ledwie napoczętego papierosa – co zresztą nie przeszkodziło mu wziąć zaraz następnego.

– Co się stało? Chciałeś się pilnie spotkać? – w odpowiedzi Maciek pokiwał głową.

– Tak... To przez Kasię. Spo... tkaliście się osta... tnio?

– Tak – skinął głową Kuba. – Nawet nie raz.

– Grzebie ci... w koncie. Dałem jej wy... ciągi.

– Hmm… – Kuba nie poczuł się zaskoczony. – No i co z tego? – Maciek rozejrzał się uważnie i nachylił się w stronę Kuby.

– Ona… chce wiedzieć pewnie… czy coś się… kryje pod twoim… zajęciem – powiedział cicho. Maciek wiedział, że Kuba udaje hakera, często odwalał za niego robotę, ale nigdy nie pytał, czy coś się pod tym kryje. Nie interesowało go to, bo sam był na bakier z prawem i uważał, że skoro obaj mogą mieć problemy, to lepiej, by jak najmniej wiedzieli o swoich interesach. Co było bardzo logiczne, bo jeżeli Jedermann też był na bakier z prawem, któryś z nich mógł w końcu wpaść. O ile oczywiście robił coś bardziej nielegalnego niż unikanie podatków. Kuba zamyślił się. – I wiesz… ona chyba to robi, bo… coś wciąż do ciebie… czuje.

– Chrzanisz – mruknął nieszczerze.

– Nie… Widziałem jak świeciły się… jej oczy jak o tobie… mówiła.

– Hm. Hm. Hm. Możesz powiedzieć mi coś więcej? – zaczął bawić się widelcem. Zanurzył się we wspomnieniach.

– Dałem jej… khu, khu… tylko kilkanaście najmniej… interesujących. Wytłumaczyłem się… przestarzałym…

– Daj jej wszystko – powiedział Kuba z błyskiem w oku. – Ma prawo dowiedzieć się, jaki byłem, gdy mnie kochała. I tak już się domyśliła, dlaczego znikałem – dodał. „Kochałem ją i wszystko spaprałem. Ale *to se ne vrati*"– pomyślał ze smutkiem. Maciek posłusznie skinął głową. Przed nimi stanęła parująca pizza. Obaj zatopili w niej zęby.

Kasia szła powoli w stronę Café Rozdroże. Nie miała wielkiej ochoty spotykać się z Kubą, ale on nalegał. Zgodziła się, a teraz żałowała, choć zaproponował miejsce, do którego miała blisko. Czekał na nią ze szklanką kawy z krupnikiem w ręku.

Wiedziała, że musi to być właśnie ta, a nie inna kawa, gdyż Kuba uwielbiał smak aromatycznego napoju z tą wódką.

– Dla mnie to samo – powiedziała do kelnerki o urodzie sprzedawczyni z GS Samopomoc Chłopska. Uśmiechnął się.

– Przepraszam, że nalegałem – powiedział. Kasia nie mogła się denerwować, patrząc na jego chłopięcy, rozczulający uśmiech.

– Coś ważnego? – zapytała krótko. Skinął głową i wyciągnął papierosa. Zrobiła to samo. – Słucham.

– Założyli mi podsłuchy. Weronice zresztą też.

– I?

– Potrzebuję więcej informacji.

– Rozumiem – powiedziała powoli. Rozejrzała się uważnie po sali i pochyliła w jego stronę. – Myślisz, że jestem omnipotentna?

– Oczywiście, że nie. Ale myślę, że masz dostęp do większej ilości informacji. Na przykład materiałów operacyjnych – powiedział spokojnie. – Swoją drogą, pozdrowienia od Maćka – dodał jakby mimochodem.

– Hmm... spróbuję – westchnęła po chwili, udając, że nie słyszała pozdrowień. – Coś jeszcze? Dziękuję – powiedziała do kelnerki. Kuba zawahał się.

– W zasadzie tak.

– W zasadzie? – zdziwiła się.

– Weronika chciałaby dowiedzieć się czegoś o Bernardzie T., tym byłym sędzi Sądu Najwyższego. Podobno chcą go wybrać do Trybunału Konstytucyjnego i...

– Chciałaby się dowiedzieć czegoś z nieoficjalnych źródeł? – weszła mu w słowo. – Dużo chcesz?

– Im więcej, tym lepiej – mruknął. – Zrobię jej wyciąg.

– Jasne – pokiwała głową. – Zrobi się.

– Fajnie – uśmiechnął się i spojrzał jej w oczy. Jego dłoń uniosła się tak, jakby chciał dotknąć jej policzka. Choć tego nie zrobił, poczuła falę ciepła. Jej twarz pozostała niewzruszona, więc Kuba otworzył usta i powiedział: – Miałabyś coś przeciwko temu, żebym umówił się na randkę?

– Nie – odpowiedziała wbrew sobie. Ledwie zauważalnie się skrzywił. Nagle roześmiał się.

– Wiesz Kasiu, następnym razem spotkamy się w Mozaice.

Roześmiała się z udanego żartu.

– Pod warunkiem, że zrobię z ciebie wiesz co... – zaczęli chichotać jak małe dzieci. Oboje doskonale wiedzieli, czym była Mozaika w latach osiemdziesiątych i wcześniej. Żarty przerwało im dopiero zamknięcie kawiarni.

Kasia znów maszerowała ulicą Bernardyńską. Wyszła właśnie od Maćka i była w doskonałym humorze, gdyż dostała wyciągi Kuby od momentu założenia dla niego konta. Już wiedziała, że od początku była na nim spora suma – będąca zapewne spadkiem po rodzicach. Tłumaczyło to preferencje, jakie otrzymał niepełnoletni wówczas chłopak. Mógł swobodnie zarządzać swoimi finansami już od piętnastego roku życia, co nie było praktyką często spotykaną w bankach. Był to wręcz wyjątek bijący po oczach. A Kuba zarządzał mądrze i rozsądnie, co akurat nie było dla niej odkryciem. Radośnie przeskakiwała kałuże, choć właściwie nie wiedziała, w jakim celu – poza chęcią zemsty – wzięła od Maćka te wyciągi. Kątem oka zauważyła taryfę, machnęła więc ręką. Jeśli mogła, obywała się bez komunikacji miejskiej, a na samochód wciąż było jej żal pieniędzy. Taksówka zatrzymała się.

– Na plac Bankowy – powiedziała, wsiadając. Zamyśliła się. Kuba spytał ją, czy może iść na randkę. A ona mu pozwoliła. Nawet umówił się, rozmawiając z jakąś Kamilą przez telefon, nie mając na tyle taktu, by odejść od stolika. Nie powinna była nic czuć po tym, co jej robił przed rozstaniem i zaraz po nim, ale jednak czuła wściekłość na siebie, gdyż ostatnie tygodnie zbliżały ją ponownie do niego, nawet jeśli wziąć pod uwagę jego szantaż. Uśmiechnęła się do siebie na wspomnienie przepraszającego wdzięku, z jakim ją zaszantażował. Doskonale rozumiała powody, którymi się kierował. Zastanawiała ją jedynie szybkość i rozległość działania służb.

– Ale czemu ona? – szepnęła pod nosem. Taksówkarz spojrzał na nią.

– Mówiła pani coś? – zapytał. Pokręciła głową.

– Do siebie – stwierdziła i wróciła do rozmyślań. Taksówka skręciła ze Spacerowej w Puławską i pomknęła w stronę Bankowego.

Marek czekał na nią na rogu Alei Solidarności i Jana Pawła, wyraźnie zniecierpliwiony. Nie dziwiła mu się, gdyż spóźniła się dwadzieścia minut, z których większość poświęciła na kontemplację gmachu Opery Kameralnej. Choć wściekły, nie powiedział ani słowa, tylko gestem nakazał jej wejście do Burger Kinga. Zamówili sobie plastikowe jedzenie i usiedli przy stoliku.

– Byłaś w Łodzi? – zapytał między jednym kęsem a drugim. Wzdrygnęła się na samo wspomnienie.

– Byłam. Ale nic ciekawego – mruknęła.

– Szkoda – zmartwił się. Łapczywie wypił trochę coli.

– A co u was? – zapytała, bawiąc się frytką.

– Poszliśmy po rozum do głowy – powiedział z pełnymi ustami. Przełknął i nachylił się do niej. – Mam dojście do jednego gościa z UOP-u, który prowadzi nielegalną współpracowniczkę.

– No i? – zamyśliła się. Przygotowując papiery dla Kuby, dowiedziała się, że Marek jest też tajnym współpracownikiem UOP-u. Od niedawna.

– Wyobraź sobie, że ona próbuje zamówić Cienia. Jeszcze tylko nie wiemy, na kogo, bo nie udało się nam odczytać wszystkich e-maili.

– Coś z tego wyniknie? – zapytała z powątpiewaniem.

– Myślę, że tak – beknął entuzjastycznie. – Przepraszam.

– Nie ma sprawy – uśmiechnęła się. – A jesteście już pewni płci Cienia?

– Nie do końca – zmartwił się. – A w Łodzi naprawdę nic?

– Naprawdę – zapewniła, patrząc mu prosto w oczy. Nie miała ochoty dzielić się tym, co wiedziała. Jeszcze nie. – Masz jakieś papiery?

– Będę miał – wziął do ręki drugiego hamburgera.

– Uważaj. Można od tego zostać impotentem – powiedziała. Marek przechylił głowę i spojrzał na nią z uśmiechem.

– Eee tam. Zresztą, niedługo ma wejść jakiś lek na to.

– Niewiele ci pomoże, jak nie będziesz mógł małego spod brzucha wyjąć – roześmiała się. – Lecę do domu, skonana jestem.

– Leć. I uważaj na siebie.

– Pa – pomachała mu jeszcze i wybiegła z baru. Poszła Aleją Solidarności w stronę Bankowego. Postanowiła wrócić do domu czwórką.

W grudniowe wieczory Krakowskie Przedmieście jest zawsze pełne ludzi. Najwięcej było studentów, którzy właśnie skończyli zajęcia. Większość z nich ewidentnie była już myślami poza Warszawą. Ich twarze wyrażały tęsknotę za rodzinnym domem, tą samą, którą czuła Kamila. Szła powoli w stronę Tamki, gdzie umówiła się z Kubą. Nie wiedzieć czemu, zaproponował spotkanie w Morgansie. Gdy z nią rozmawiał, był z jakąś kobietą, która proponowała, aby spotkali się w Mozaice. Udał, że tego nie słyszy i zaproponował Morgansa. Spojrzała na pomnik Kopernika i skręciła w boczną uliczkę, aby skrótem dojść do Tamki. Rzuciła jeszcze smutne spojrzenie na zachód, gdzie, kilkanaście kilometrów od miejsca, w którym się znajdowała, był jej rodzinny dom.

Kuba czekał na nią przed knajpą, trzymając w ręku bukiet fiołków. Trochę ją to zdziwiło, ale uśmiechnęła się do niego. Zaczynał się jej podobać. Weszli do pubu i zamówili po drinku.

Uważnie przypatrywał się Kamili. Starał się ją na nowo stworzyć w swoim umyśle, choć była prawie taka sama, jak w szkole. Blond włosy, niebieskie oczy, czerwone usta i biust rozmiaru C rzucały się w oczy każdemu mężczyźnie, który ją spotkał. Kuba jednakże kolekcjonował inne wrażenia. Lubił znać ludzi, a to oznaczało zagłębianie się w ich wnętrzu. Nie zawsze dosłownie... Kamila zmieniła się od czasów, w których ją pobieżnie znał. Na twarzy często gościła dziwna zaciętość, której dawniej nie było. Jakby musiała coś zrobić i cały czas piętrzyły się przed nią przeszkody.

– Praca dała jakieś pozytywne skutki? – zapytał, niezręcznie dobierając słowa, byle tylko przerwać krępujące milczenie. Kamila uśmiechnęła się z wdzięcznością.

– Tak. Dostałam piątkę, czyli więcej, niż się spodziewałam – bawiła się paczką papierosów. – Trochę ją przerobiłam, nie masz pretensji?

– Skądże! – zaprzeczył. Wyciągnął jej paczkę z dłoni, zauważywszy, że ściska ją trochę zbyt mocno. – Bardzo mądrze zrobiłaś.

– Swoją drogą, co cię skłoniło do wyboru takiego tematu? – zapytała. Chyba też chciała nawiązać normalną konwersację. Kuba miał wrażenie, że coś tu nie gra. Próbowała go podrywać i równocześnie mocno się wycofywała.

– Interesuję się tym – odpowiedział krótko.

– Hmm, ale co ma kwestia kalwińskiej predestynacji do prawosławnych przecież Myszkina i Nastazji Filipowny? – zapytała. Kuba uznał, że udaje głupią. W jej oczach doskonale widział, że zrozumiała, o co mu chodziło.

– Chciałem powiedzieć, że pewne spotkania, pewne zachowania i zakończenia są predestynowane przez Boga.

– Ale musiałeś to uzasadniać na przykładzie postaci fikcyjnych?

– Tak było trudniej. Inaczej musiałbym dość banalnie pisać o Stanisławie Auguście Poniatowskim i Katarzynie albo o Ali Agcy i Janie Pawle – oświadczył z pokerową twarzą, doskonale pamiętając, że tytuł brzmiał: „Echa predestynacji Kalwina w twórczości Fiodora Dostojewskiego na przykładzie *Idioty*".

– Ale to byłoby bardziej prawdziwe. W życiu wciąż zdarzają się takie sytuacje.

– Sugerujesz, że pewne spotkania są wymuszone przez los?

– Tak.

– A ja w to nie wierzę – oświadczył. – Wiem, że pisałem z przekonaniem, ale uważam, że każdy z nas jest kowalem własnego losu.

– Na pewno? – zdziwiła się.

– Aha – pokiwał głową. – Spójrz na nas. Czy coś zmuszało nas do tego, abyśmy się spotkali? – patrzył na nią uważnie.

– Nie. Nie sądzę – westchnęła po sekundzie ledwie wyczuwalnego wahania. Zaczęła bawić się zapalniczką. – Choć przecież nie wiemy, co jest nam pisane.

– Sugerujesz, że nasze życie ma z góry określony przebieg? – zdziwił się. – Niezależnie od tego, co zrobimy?

– Może – spojrzała mu prosto w oczy.

– Puf! – westchnął z wrażenia. – To rodziłoby dość skomplikowane implikacje. A jak ci idzie na studiach? – zapytał, aby zmienić temat. Nie miał ochoty rozmawiać na ciężkie tematy podczas randki.

– Nieźle – uśmiechnęła się. – Wygląda na to, że pierwszy semestr skończę z niezłą średnią i będę musiała zdawać najwyżej jeden egzamin.

– No, no... – wyraził podziw. – Nieźle. A co zamierzasz robić po studiach?

– Nie wiem – zamyśliła się. – Chyba pójdę do ojca i poproszę, aby załatwił mi dobrą pracę.

– Nie spróbujesz znaleźć sama? – zdziwił się. – Jesteś przecież zdolna i pracowita.

– Ale chciałabym być reżyserem. A on siedzi w branży. Bez tego ani rusz.

– Żartujesz? Myślałem, że liczy się talent.

– Taki inteligentny, a taki naiwny – uśmiechnęła się. Kuba odwzajemnił uśmiech. – Swoją drogą, co ty zamierzasz robić po studiach?

– Ja? – rozejrzał się i nachylił w jej stronę. – Mam nadzieję, że odłożę do tego czasu tyle kasy, by już do końca życia nie musieć pracować. Żigolactwo to nieźle płatna fucha, jeśli się jest dobrym – skłamał. Nie chciał, by wiedziała, co robi naprawdę. Ujawnił się tylko przed Kasią, ale to też dlatego, że dziennikarze akurat tej gazety słynęli z dyskrecji.

– A nie masz żadnych „opiekunów"? – zapytała. Kuba roześmiał się.

– Kilku spróbowało się mną zaopiekować.

– I?

– Nie wiem, jak to się złożyło, ale żaden się więcej nie odezwał – rozłożył ręce. – Miałem klientkę, która dbała o opinię i zadbała też o to.

– Ach... – pokiwała głową. – Mężczyźni zawsze mają łatwiej.

– Możliwe – skinął głową, zdziwiony wyrazem jej twarzy i zastanawiając się, co też miała na myśli. Powoli wypijali następne drinki i przeskakiwali na coraz lżejsze tematy. W końcu pijani potoczyli się w stronę domu Kuby.

Kamila postawiła plecak na krześle i zaczęła czegoś w nim szukać. Kuba przypatrywał się jej pośladkom z maślanym uśmiechem na twarzy. Coraz bardziej mu się podobała.

– Czego szukasz? – zapytał w końcu.

– Szczoteczki do zębów – odpowiedziała poważnie i zakołysała się niebezpiecznie. Plecak przewrócił się, a jego zawartość wysypała się na podłogę. Kuba zamarł, gdy pod jego nogi dotarł elegancko sunący po gładkiej powierzchni pistolet. Kamila zauważyła to i rzuciła się w jego stronę, ale Kuba był szybszy. Chwycił pistolet i wycelował, pamiętając, że glocka odbezpiecza się strzelając. Kamila skamieniała, patrząc prosto w lufę pistoletu. Kuba zrozumiał, że broń jest naładowana.

– Co to jest? – zapytał głupio. Kątem oka lustrował resztę zawartości plecaka leżącą na podłodze. Dwa telefony, kilka zielonych książeczek, których rozmiary nie pozostawiały wątpliwości co do ich urzędowej mocy, jakieś faktury, szczoteczka do zębów, która się wreszcie znalazła. Zauważył też pudełko tabletek antykoncepcyjnych, opakowanie prezerwatyw i kilka buteleczek leków. Obok stopy leżał tłumik.

– Pistolet – odpowiedziała równie głupio. – Glock.

– Tyle widzę. Glock 17 z przedłużonym magazynkiem na dziewiętnaście pocisków – westchnął. – Ja pytam o te dowody osobiste.

Schylił się po tłumik, nie spuszczając wzroku z naprężonej niczym puma przed atakiem Kamili. Spokojnie go wkręcił, widząc błysk zdziwienia w jej oczach.

– Sprawnie wkładasz – powiedziała. – Bardzo sprawnie…

– No więc? – zapytał, nie mogąc pozbyć się sprośnych skojarzeń, które dopadły chyba i ją, sądząc po rumieńcu.

– Muszę odpowiadać? – zapytała cicho. Rumieniec znikał z jej twarzy. Kuba zastanowił się. W zasadzie nie zależało mu na odpowiedzi. Interesowała go Kamila, a nie jej życie. Choć z drugiej strony, wypadało się czegoś dowiedzieć. Służby mogły przez niego znaleźć haka na Weronikę.

– Bez zbędnych szczegółów – odpowiedział, nieco opuszczając lufę pistoletu. Kamila odprężyła się minimalnie.

– Pamiętasz moje zniknięcie? – zapytała. Skinął ostrożnie głową. – Wpadłam wtedy w bagno – załkała nagle. – To, co widzisz, pomogło mi się z niego wydostać. Czy to ci wystarczy? – ukryła twarz w dłoniach.

– Może... – zamyślił się. Cofnął się kilka kroków i wziął z kuchni szmatkę do wycierania naczyń. Wytarł starannie pistolet i włożył go do jej plecaka. Podszedł do niej i przytulił ją.

– Biedactwo – powiedział. Przytuliła się do niego mocno. Pocałował ją w policzek, smakując jej łzy. Znalazł jej usta, odpowiedziała na pocałunek. Oboje wahali się jeszcze przez chwilę, patrząc sobie w oczy, po czym nastąpiło nieuniknione zderzenie.

Po policzku stoczyła mu się łza. Spojrzał na śpiącą Kamilę i zaklął cicho pod nosem. Wstał, delikatnie wyswobadzając się z jej objęć. Poczłapał ponuro do kuchni, otworzył lodówkę i przyssał się do stojącej tam butelki Sofii. Cały czas widział przed sobą Kasię patrzącą na niego z niemym wyrzutem.

– Kurwa mać! – zaklął, nie wyjmując butelki z ust. – Przecież odeszła trzy lata temu. Czym ja się dłęcze? – dopił resztę wina i usiadł na krześle, nie mogąc pozbyć się coraz bardziej natarczywych zawrotów głowy. Siedział tak dłuższą chwilę, patrząc na uspokajającą biel drzwi lodówki, aż w końcu włączył czajnik z mocnym postanowieniem zrobienia sobie gorącej, gorzkiej herbaty. Kilka minut później stanął z kubkiem parującego naparu w drzwiach pokoju i patrzył na śpiącą Kamilę, popijając dobroczynny, gorzki płyn.

Rozdział 5

Kuba zdjął garnek z kuchenki, wytarł ręce w papierowy ręcznik i poszedł otworzyć drzwi. Weronika uśmiechnęła się szeroko i stojąc w drzwiach, zaintonowała.

– Przybieżeli do Betlejem... – Kuba zareagował na jej śpiew alergicznie.

– Zamknij się, Nika! Jezu! Wystarczy mi tego w radiu i telewizorni! – krzyknął. Zamknął za nią drzwi i mocno ją uściskał. Wrócił do kuchni.

– Co tak smakowicie pachnie? – zapytała, zdejmując płaszcz. Uśmiechnął się pod nosem.

– To, co zwykle. Typowo żydowskie potrawy – stwierdził z ironią. – Barszczyk, pierogi, trochę schabu i oczywiście ciasta.

– Jak u mamy – uśmiechnęła się smutnie. Kuba pokiwał głową, łza spłynęła mu po policzku. Weronika weszła do kuchni. – Coś ci pomóc, brat?

– Rozłóż sztućce. Talerze już są – zaaferowany rozejrzał się po pomieszczeniu. – A! I wyjmij kieliszki. Kupiłem jakiegoś reńskiego sikacza do deseru.

– A coś czerwonego do głównych dań? – stanęła przy szafkach i rozpoczęła poszukiwania sztućców.

– To, co zwykle, jakieś Bordeaux – powiedział. – Nie miałem ochoty eksperymentować.

– Dobra – wyjęła sztućce i poszła rozłożyć je w pokoju. Kuba powyłączał wszystko i zaczął nakładać do salaterek.

Kasię obudził natrętny telefon. Podniosła się z fotela, w którym zasnęła, i głośno przeklęła, patrząc, jak wyciągi zsuwają się na podłogę. Porządek, w jakim były ułożone, zniknął w jednej chwili. Chwyciła komórkę i spojrzała na wyświetlacz. „No, Marku, oby to było tego warte" – pomyślała. Przycisnęła zieloną słuchawkę i machinalnie popatrzyła na zegar. Była dwudziesta trzecia trzydzieści pięć.

– Nie masz czego robić w Wigilię?

– Kasiu, mamy Cienia na taśmie – usłyszała entuzjastyczny głos Marka. – Zaraz będę u ciebie. Masz wideo?

– Mam. Kurwa! – spojrzała na wyciągi. – Daj mi pięć minut. Muszę się ubrać.

– Dla mnie możesz być naga – roześmiał się.

– Dla ciebie naga może być co najwyżej żona – skrzywiła się.

– Dobra… – wycofał się. – Będę za dziesięć minut.

Rozłączył się. Kasia zaczęła zbierać wyciągi. Wolała, aby Marek ich nie zobaczył.

W milczeniu oglądali taśmę z monitoringu jednego z warszawskich biurowców. Kasia uprzedziła Marka, że nie chce wiedzieć, kto zginął i jak, nim nie obejrzy taśmy. Na filmie widziała, jak jakaś kobieta oprowadza drugą po biurze, pokazuje jej biurko. Oprowadzana pracowała aż do dwunastej, gdy wzięła dokumenty i udała się do gabinetu dyrektora departamentu. Bez problemu pokonała zaporę w postaci asystentki i weszła do dyrektora. Wyszła po pięciu minutach, rzucając olśniewający uśmiech w kamerę. Następnie widać było, jak wychodzi z biurowca.

– To wszystko? – zapytała, zapalając papierosa. Marek skinął głową.

– To bardzo dużo. Po pierwsze, to na pewno Cień, bo już raz użył tej broni. Smith & Wesson kaliber 38. Po drugie, wiemy, że miał na tego człowieka zlecenie.

– Aha… – zamyśliła się. – Ale, niestety, nie rozstrzyga to o płci Cienia, prawda?

– Prawda – pokiwał głową. – No i, niestety, nie mamy odcisków palców.

– Żartujesz? – spojrzała na Marka pytająco. – Przecież pół dnia spędziła w biurze, musiała gdzieś zostawić jakieś odciski. Odrobinę DNA.

– Nic – przewinął taśmę. – Spójrz tutaj. Przeciera biurko przed pójściem do dyrektora.

– Nieźle… – potrząsnęła głową z podziwem dla Cienia. – Niesamowite.

– No.

– Jest dźwięk?

– Nie ma.

– Kim była oficjalnie ta kobieta? – zapytała wreszcie, choć wiedziała, że to nie ma sensu.

– Karolina Jabłeczyńska, urodzona osiemnastego maja tysiąc dziewięćset siedemdziesiątego czwartego. Ukończyła z wyróżnieniem Wydział Prawa Uniwersytetu Jagiellońskiego, studia podyplomowe w USA. Tam też odbyła praktyki w jednym z koncernów. I jest z nią problem.

– Nie istnieje – domyśliła się.

– Gorzej – Marek zabrał jej papierosa i zapalił. – To tożsamość stworzona przez UOP.

Kasia zakrztusiła się dymem i długo patrzyła na Marka pytająco. Nie odważyła się jednak zapytać, skąd wie. Pomyślała, że mógł mu powiedzieć jego przełożony z Urzędu Ochrony Państwa. W końcu zaczęła ponuro patrzeć na surogat choinki stojący na jej stoliku.

Kamila stała przed oknem i wpatrywała się w przestrzeń. Miała świetny widok na całe podwórko. Był dwudziesty piąty grudnia, a jej rodzice nawet nie zadzwonili. Lubiła święta. Odkąd pamiętała, był to jedyny czas w roku, gdy jej rodzice tworzyli iluzję prawdziwej rodziny i rozmawiali ze sobą, zamiast się kłócić. A teraz? Ani wczoraj, ani dzisiaj nie zadzwonili. I tak już od paru lat. Wytarła nos i nadal wpatrywała się w podwórko. Nagle zauważyła ciemne audi majestatycznie sunące pod jej klatkę. Samochód zatrzymał się i wysiadło z niego kilku wygolonych na łyso mężczyzn. Cofnęła się. Wiedziała, kto przyjechał. Wybiegła z kuchni i chwyciła swój plecak. „Na szczęście jestem zawsze gotowa" – pomyślała. Wyciągnęła z plecaka pistolet, tłumik i dwa magazynki. Z szuflady wyjęła foliowy woreczek z pieniędzmi. Pieniądze wylądowały w plecaku. Zapięła plecak, przykręciła tłumik, a magazynki wsadziła do tylnych kieszeni spodni. Zarzuciła na siebie lekką kurtkę i z pistoletem w dłoni wyszła na klatkę. Nasłuchiwała chwilę. Mężczyźni dzwonili domofonem po sąsiadach, przekonując, że są z policji. Na razie szczęście jej sprzyjało. Nikt nie chciał otworzyć. Machinalnie przekręciła klucz w zamku i wsadziła go do kieszeni. Pobiegła na górę. Stanęła właśnie pod drabinką prowadzącą na dach, gdy zapaliło się światło. „Weszli" – pomyślała. Poczuła przypływ adrenaliny i duszące uczucie paniki. Spojrzała w górę. Tandetna kłódka stała jej na drodze. Wetknęła pistolet za spodnie, weszła na drabinkę i wyjęła z włosów spinkę. Cały czas nasłuchiwała powolnych kroków dobiegających z dołu. Wreszcie zgasło światło i w tym samym momencie kłódka otworzyła się z lekkim szczękiem. Zapadła cisza, w której słychać było, jak sąsiad spod numeru dwadzieścia osiem ogląda „Wiadomości". Podziękowała sąsiadowi w duchu za to, że jest już przygłuchy. Rozległo się walenie w drzwi. Jej drzwi. Pchnęła klapę i wyszła na dach. Lodowaty wiatr przeszył ją na wylot.

Rozejrzała się i ruszyła w stronę Nowolipek. Budynek zakręcał tam i mogła przebiec po dachu niemal jedną trzecią drogi do Jana Pawła. Biegła szybko, ale miała uczucie, jakby jej nogi były z ołowiu. „Wyszłam z formy" – pomyślała z rozpaczą. Nie zastanawiała się, co robić. Chciała żyć. Dobiegła do końca budynku. Kilka spojrzeń rzuconych w panicznym pośpiechu upewniło ją, że nie ma jak zejść, a w dodatku jakiś wygolony na łyso facet czatował na dole, zabezpieczając zapewne wyjście z podwórka. „Jak wyszłam, tak wejdę" – zadecydowała. Podbiegła do najbliższej klapy i spróbowała ją unieść. Nie dała rady, tylko poobcierała sobie palce i połamała paznokcie.

– Kurwa! – zaklęła. W tym samym momencie usłyszała mocno stłumiony przez odległość strzał. Natychmiast wykonała idealny pad na dach i spojrzała w stronę, z której dobiegł. W miejscu, w którym wyszła, stał mężczyzna i próbował ją trafić, a drugi, wychylając się z wyjścia, krzyczał coś, ale nie była w stanie zrozumieć co. Wyjęła pistolet i wycelowała. Ręce jej zgrabiały, więc pierwszy strzał był całkowicie niecelny. Uspokoiła oddech i nie dała ponieść się panice, gdy kula wystrzelona przez przeciwnika rozorała dach tuż obok jej głowy. Mężczyzna był daleko, więc szanse na celny strzał były małe. Nacisnęła spust, celując trochę obok ciemnej, zamazanej sylwetki. Pomógł jej chyba wiatr, gdyż mężczyzna chwycił się za biodro i przewrócił. Pomyślała, że ma dużo szczęścia. Przy odległości, jaka dzieliła ją od prześladowców, nie było żadnej szansy na stuprocentowo skuteczne trafienie. Drugi schował się. „Głupek" – pomyślała odruchowo. „Przy takiej odległości możemy się co najwyżej poranić." Podniosła się i skoczyła na klapę wejściową. Ugięła się lekko pod jej ciężarem, ale nie chciała ustąpić. Spojrzała w kierunku mężczyzn – ranny zaczynał się podnosić, a i drugi wychylił głowę. Wystrzeliła na oślep kilka razy, uzyskując dzięki temu kolejną chwilę spokoju. Podskoczyła raz, drugi. Nagle klapa załamała się i wpadła na klatkę schodową razem z Kamilą.

– Żesz kurwa mać. Szczęście się skończyło – zaklęła, czując pulsujący ból w prawej kostce i lewym ramieniu. Kuśtykając, zaczęła zbiegać po schodach. Minęła zaskoczonego mężczyznę trzymającego na smyczy ujadającego psa.

– Niech się pan schowa! – ryknęła, groźnie machając pistoletem. „Jeszcze trzy kule" – przeliczyła podświadomie. Wybiegła z klatki i wpadła prosto w ramiona łysego mężczyzny.

– Dokąd, laska? – owionął ją zapach niemytych zębów i nadmiernej ilości sterydów popijanych wódką. Odruchowo nacisnęła spust. Dresiarz ryknął jak ranna hiena, więc strzeliła ponownie, tym razem celując w głowę. Zapadła cisza. Nachyliła się machinalnie nad zmarłym i przeszukała mu szybko kieszenie. Uświadomiła sobie nagle, że nie czuje bólu. Wyciągnęła trupowi portfel, kluczyki z pilotem do alarmu i rewolwer. Nad jej głową rozprysnął się tynk. Wystrzeliła w stronę, z której padły strzały i ruszyła biegiem ku wyjściu z podwórka. Wybiegła na Nowolipki i nacisnęła pilota od alarmu. Ciemnozielone BMW zaszczekało cicho. Zmieniła magazynek i podbiegła do auta. „Chwała Bogu za centralny zamek" – pomyślała, wsiadając. Ruszyła z piskiem opon, wymusiła pierwszeństwo na nadjeżdżającym autobusie i skierowała się w stronę Jana Pawła, kuląc się przy kierownicy. „Co robić?" – myślała gorączkowo. Z piskiem opon wykręciła z Nowolipek w Jana Pawła, uświadamiając sobie niejasno, że trzaski, które usłyszała chwilę wcześniej, były spowodowane przez pociski trafiające w samochód. Dojechała do Alei Solidarności i skręciła w prawo, pomyślała, że odbije w Żelazną, a potem… Na Żelaznej zwolniła. Odważyła się wychylić wreszcie z fotela, usiadła normalnie za kierownicą i starała się jechać przepisowo. Teraz, gdy adrenalina trochę opadła, czuła narastający ból w kostce i ramieniu. Spojrzała w lusterko, ale na szczęście nie zauważyła, by ktokolwiek ją śledził. Odetchnęła z ulgą i zaczęła zastanawiać się, co robić dalej. Szybko wykluczyła jazdę do rodziców i na liście został jej tylko Kuba.

– Jasna cholera – zaklęła. Po nocy, którą u niego spędziła, powiedział jej, że było wspaniale, ale wciąż kocha inną, co właśnie sobie uświadomił. „Męskie pierdolenie o Szopenie" – pomyślała wtedy, ale Kuba dodał, że może na niego liczyć w każdej sytuacji. Po namyśle postanowiła więc do niego pojechać.

Weronika wyłączyła telewizor i spojrzała na brata. Kuba trzymał w ręku butelkę „Królewskiego" i bezmyślnie wpatrywał się przed siebie.

– Lubię święta u ciebie, brat – mruknęła Weronika. Kuba beknął w odpowiedzi na to i uśmiechnął się szelmowsko.

– Nie ma to jak wolne dni. Nic się nie dzieje, człowiek może wreszcie posiedzieć i zachowywać się jak cham. Hep!

– No – wyciągnęła papierosa i spojrzała na kalendarz. – Nie przesunąłeś daty. Dziś jest dwudziesty piąty. Dwudziesty czwarty był, jak przyszłam. He, he.

– Wiem. Hep! Chyba dostałem czkawki – zarechotał. – Rany, to jest raj! Nic nie robić i do góry brzuchem leżeć... W mordę jeża! Daliby człowiekowi spokój chociaż w święta, których nie obchodzi! – skomentował natrętny dzwonek telefonu. Zwlókł się z fotela i slalomem doczłapał się do aparatu.

– Czego? – zapytał uprzejmie. Wyprostował się gwałtownie. – Nic nie mów. Przyjedź – odłożył słuchawkę.

– Co jest? – zapytała Weronika. Patrzył na nią nieobecnym wzrokiem. Otrząsnął się po krótkiej chwili.

– Kamila dzwoniła. Roztrzęsiona, jakby ją całe stado bydła goniło. A telefon, kurwa, może być na podsłuchu.

– O czym nie powinna wiedzieć. Dobra – podniosła się z wersalki. – W takim razie spieprzam do domu. Nie chcę być widziana w towarzystwie osób, które goni stado bydła – zaczęła zbierać swoje rzeczy. Kuba ubierał się, myśląc o tym, co się stało.

Kamila zostawiła samochód obok stacji metra na Polu Mokotowskim. Pomyślała, że do Kuby podjedzie metrem. Już po kilku krokach zaczęła żałować swojej decyzji. Ból w nodze wykluczał ją z samodzielnego chodzenia po schodach, więc zamiast zejść na stację, pokuśtykała w stronę przystanku autobusowego. Stanęła przed rozkładem i spojrzała na zegarek. Najbliższy autobus miał być za dwie minuty. Trzęsąc się z zimna, niemal wczołgała się pod wiatę, gdzie przynajmniej wiatr tak nie wiał. Żółto-czerwony ikarus zjawił się zaskakująco punktualnie. Kierowca kilkakrotnie pogonił ją, gdy wsiadała. Kamila nie miała siły kląć. Zauważyła, że jedyny pasażer spojrzał na nią dziwnie i szybko odwrócił głowę. Popatrzyła na siebie. Szarą kurtkę miała wymazaną krwią tego dresiarza, a z kieszeni wystawała kolba rewolweru. Oparła się o poręcz i odwróciła przodem do wyjścia. Wysiadła na przystanku przy Odyńca. Zauważyła Kubę stojącego na rogu i nerwowo palącego papierosa.

– Kuba! – zawołała cicho. Nie usłyszał, ale i tak ją zauważył. Podbiegł do niej i obejrzał ją krytycznie.

– Nic nie mów. Chodź – ruszył w stronę bramy. Kamila stała. Nie miała siły iść. Ból w kostce był coraz silniejszy.

Odwrócił się i spojrzał na nią. Stała bezradnie i widać było, że nie może się ruszyć. Westchnął ciężko, odżałował płaszcz, podszedł do niej i wziął ją na ręce. Z kieszeni jej kurtki wypadło coś i głośno załomotało o chodnik. Nachylił się i podniósł pistolet. „Całe szczęście, że założyłem rękawiczki" – pomyślał.

– Trzeba cię gdzieś ukryć – powiedział. Kamila jęknęła z bólu. – Wygląda na to, że masz poważne problemy – stanął przed garażem ukrytym w podwórku. Stękając z wysiłku, postawił ją ostrożnie na ziemi.

– Mam – z sykiem oparła się o ścianę. – Chyba ktoś z Firmy mnie zdradził.

– Rozumiem – nie komentując tej rewelacji, wszedł do garażu. Wyjechał samochodem na osiedlową uliczkę. Wyłożył siedzenia folią. Posadził Kamilę na miejscu obok kierowcy. Zamknął garaż i uśmiechnął się do niej. – To co? Jedziemy na Żoliborz? – W głowie miał już plan. Mieszkanie na Sadach Żoliborskich znakomicie nadawało się do ukrycia Kamili. Owszem, było na niego, ale oficjalnie ktoś je wynajmował, a umowa była tak skonstruowana, że Kubie nie było nic do tego, co robił najemca. Było znakomicie położone, narożne i na pierwszym piętrze. Mógł umieścić tam Kamilę na tak długo, jak będzie to potrzebne. Ruszył ostrożnie.

Rozdział 6

Naczelny odłożył dorobek Kasi na biurko i spojrzał na nią. Skrzywił się, nerwowo zmiął papierosa, ale nie zapomniał, że w biurze nie wolno palić. Wreszcie westchnął i powiedział:

– Nieźle. Będzie z tego niesamowity materiał.

– Naprawdę? – zręcznie udała zdziwienie. Wiedziała doskonale, że to jest niesamowity materiał, ale wiedziała też, że rolą naczelnego jest szukanie dziury w całym. Nie musiała też zbytnio wysilać głowy, aby pamiętać o tym, że status gwiazdy gwarantuje jej immunitet do momentu, w którym się pomyli.

– Wygląda to na porządne dziennikarskie śledztwo – uśmiechnął się naczelny. – Ale będę chciał też zobaczyć poważny reportaż o hakerach.

– To wszystko?

– Jasne. Jesteś wolna – naczelny machnął ręką. Opuściła gabinet i odebrała telefon.

– Cześć Marku, co jest?

– Wiemy, kto może być następnym celem Cienia – oświadczył entuzjastycznie.

– Aha… No i kto to niby jest?

– Były sędzia Sądu Najwyższego, ale nazwiska nie podam, nie mogę. Udało nam się dowiedzieć, że zlecenie próbuje złożyć jakaś dziwka.

– Żartujesz? – zdziwiła się. – Co niby mógł zrobić dziwce sędzia SN?

– Może jej nie zapłacił... – zarechotał Marek. – Z prawnikami tak jest, znalazł kruczek w umowie i się wywinął... – to mówiąc, policjant rozłączył się.

Kasia usiadła przed redakcyjnym komputerem. Przez dłuższą chwilę przypominała sobie obsługę Macintosha, po czym zadzwoniła do faceta od IT z prośbą, aby wygenerował jej nowe hasło. Starego zapomniała, gdyż od trzech miesięcy nie korzystała z komputera w redakcji, przesyłając wszystko e-mailem. Zaczęła metodycznie przeszukiwać zawartość redakcyjnego archiwum. Najpierw zabrała się za sędziów Sądu Najwyższego. Musiał być jakiś powód, dla którego jakaś prostytutka chciała zabić kogoś tak znanego. Poza tym tylko w ten sposób mogła się dowiedzieć, który sędzia mógł być celem. Nagle wyprostowała się gwałtownie, zdusiła przekleństwo w ustach i wybiegła z redakcji do palarni. Wybrała numer Marka.

– Zaprzecz, jeśli się mylę – rzuciła w słuchawkę. Zaciągnęła się nerwowo, wydmuchnęła dym. – To Bernard T.

– O, kurwa... – powiedział tylko w odpowiedzi. Uśmiechnęła się i nieco rozluźniła.

– Nie chcesz wiedzieć, jak do tego doszłam?

– Domyślam się. Jest tam taka mała luka... – odpowiedział. – A teraz wybacz, żona czeka z kolacją.

– Jasne – rozłączyła się. Bernard T. miał w życiorysie kilkumiesięczną lukę. Udało jej się dowiedzieć nieoficjalnie, że został wtedy postrzelony przez jakąś wariatkę. Kiedy połączyła te fakty, nietrudno już było domyślić się, że prostytutka składająca zlecenie Cieniowi i wariatka, która postrzeliła sędziego to najprawdopodobniej jedna i ta sama osoba. Kłopot w tym, że sprawa była mocno utajniona, co wzbudziło jej podejrzenia. Wróciła do komputera.

Za oknem wstawał świt, a Kasia ponuro przenosiła wzrok z monitora na pusty kubek po kawie i z powrotem. W redakcyjnym archiwum znalazła informacje o jatce w jakiejś willi, ale zdarzyła się ona w tydzień po zniknięciu sędziego z życia publicznego. Zatem data nie pasowała, tym bardziej, że w tym właśnie tygodniu, trzy lata temu, sędzia był bardzo, ale to bardzo aktywny. Miała jednak przeczucie i adres willi pod Warszawą. Postanowiła tam pojechać. Ale nie od razu. Najpierw pojechała do domu się przespać.

Kuba zachowywał się co najmniej dziwnie. Błądził po parku przy Teatrze Komedia, zmieniając co chwilę gwałtownie kierunek marszu, potem równie nagle przebiegł ulicę Popiełuszki i ruszył w stronę Sadów Żoliborskich. Gdy znalazł się wśród drzew i ciemności, puścił się biegiem w stronę ulicy Sady Żoliborskie. Przebiegł ją i wszedł na słynne osiedle. Spacerowym już krokiem ruszył w stronę ulicy Broniewskiego, na chwilę przystanął w pobliżu bloku, który dostał tytuł „Mistera Warszawy" 1964 roku. Zadumał się chwilę nad przemijalnością ludzkich gustów i mód, po czym poszedł dalej.

Kamila spała i nie zauważyła jego wejścia. Przyjrzał się jej uważnie. Na twarzy miała grymas bólu – nic dziwnego, zważywszy na to, jak połamana była jej ręka. Delikatnym ruchem dłoni zmierzwił jej włosy i pogłaskał ją po policzku. Popatrzył jeszcze chwilę, wsłuchując się w jej spokojny oddech, po czym poszedł do kuchni zrobić coś do jedzenia.

Warzywa skwierczały już entuzjastycznie, a zupa bulgotała wesoło, gdy dobiegł go szelest i przekleństwa. Kamila wykuśtykała z pokoju i stanęła przed nim.

– Może rzadziej wpadaj. Na pewno nie umrę z głodu – wysyczała wściekłym tonem. Kuba nie zdziwił się. Poprzednim razem nie kupił jej zbyt dużo jedzenia. A co ważniejsze – zostawił jej tylko jedno opakowanie środków przeciwbólowych.

– Przepraszam – wymruczał. – Nie miałem kiedy wpaść. Połóż się. Zrobiłem ci obiad. Jak się czujesz?

– Fatalnie – odpowiedziała spokojniejszym tonem. – Wszystko mnie boli. A ostatniego procha zjadłam wczoraj.

Bez słowa podał jej opakowanie. Nalał wody do szklanki. Łapczywie wycisnęła dwie tabletki i połknęła. Skrzywiła się w próbie uśmiechu i pokuśtykała do pokoju.

Przyglądał się w milczeniu, jak Kamila je. Sam nie był głodny, więc oddał jej też swoją porcję. Skończywszy, westchnęła z zadowoleniem. W jej oczach widział, że silne środki, które przyniósł, zaczęły działać.

– Kto cię tak urządził? – zapytał wprost. Nie chciał już bawić się w ciuciubabkę. Kamila chyba zrozumiała, o co chodzi. A zamroczenie środkami zmniejszyło jej determinację w obronie tajemnicy.

– Sama się tak urządziłam, uciekając przed ludźmi, którzy chcą mnie zabić.

– Dlaczego chcą cię zabić? – wyciągnął papierosa i zapalił z lubością. Ostrożnie podniósł porcelanową filiżankę i wypił łyk słodkiej kawy. Kamila zamyśliła się. Wreszcie podjęła decyzję.

– Ludzie, którym popsułam interes.

– To znaczy? – naciskał. Westchnęła.

– Pamiętasz jatkę w podwarszawskiej willi w 1994? – zapytała. Skinął głową, choć nie miał pojęcia, o czym mówi. Te strony pomijał w gazetach.

– To moja sprawka.

– W jakim sensie? – uniósł brwi, zastanawiając się równocześnie, czy aby na pewno chce to usłyszeć.

– No, ja zamordowałam tych wszystkich ludzi – powiedziała. – To był utajniony burdel dla najwyższych sfer. Nie było perwersji, której nie można było tam zrealizować… – mówiła gorączkowo. Kuba przerwał jej.

– Do rzeczy, Kamilo, do rzeczy.

– No więc, któregoś dnia przyszedł Bernard T. Jego największą fantazją był gwałt. Brutalny gwałt. No i trafiło na mnie... – ręce zaczęły się jej trząść. – Daj papierosa – podał jej. Zapaliła i nerwowo, bardzo nerwowo zaciągnęła się. Nie przerywał jej. – Kiedy mnie skopał, stwierdziłam, że dosyć. No pasran. Ni chuja tego nie zdzierżę. Wyrwałam się i wybiegłam z pokoju. Ochroniarzowi zabrałam UZI. Zabiłam go, a potem wpadłam do pokoju i wystrzeliłam cały magazynek w sędziego. Jeszcze nie wiedziałam, że ten skurwiel to przeżył... Gdybym wiedziała... Potem... zabrałam wszystkie magazynki ochroniarzowi. Taki głupi drech z niego był... I potem... Boże... – Kuba wyjął jej papierosa z dłoni. Kamila nie zauważyła, że dopalił się już i parzył jej palce. Milczał. – Potem oprzytomniałam przed budynkiem. Byłam cała we krwi... Jakiś mężczyzna pytał mnie, co się stało. A potem zabrał mnie na Rakowiecką, ale nie do więzienia.

– A gdzie? – przerwał swoje milczenie.

– Zaproponował, że będą mnie chronić. Ale muszę współpracować. Robić, co każe.

– Kto?

– Facet z UOP-u – spojrzała Kubie w oczy. – Masz mnie za wariatkę?

– To zależy.

– To coś ci powiem – ręce drżały jej jak choremu na Parkinsona. – Nie podobałeś mi się. Zaczęłam cię podrywać, bo mi kazali. Szukają haków na opozycję.

– Nic nowego... – mruknął. Klęknął przy niej i pogłaskał ją po policzku. – Podam ci teraz tabletki uspokajające. Będziesz po nich spała. Ja muszę iść.

– Nie zostawiaj mnie...

– Muszę. Inaczej cię znajdą. Skoro ochrona UOP-u zawiodła, musimy założyć, że ktoś zdradził. Sama tak mówiłaś –

powiedział spokojnie. Kamila pokiwała głową. Przytulił ją mocno. – Wszystko będzie dobrze. Wydostaniemy cię z tego bagna... – szepnął. Kamila łkała w jego ramionach.

Przeczucie jej nie myliło, ale niewiele się dowiedziała. Poza tym, że jedna kobieta uparcie twierdziła, że jatka miała miejsce wcześniej, niż pisały gazety. Byłoby to coś, gdyby nie fakt, że kobieta leczyła się psychiatrycznie. Na jej wynurzeniach mogła co najwyżej zrobić reportaż dla „Bilda", bo nawet „Super Express" mógłby tego nie kupić. A poniżej pewnego poziomu Kasia nie schodziła. Siedziała w domu i czytała akta Cienia. Kompletne wreszcie, gdyż Marek raczył ruszyć tyłek i skserować dla niej całość.

Cień zaczął działalność w 1991 roku. Najprawdopodobniej. W każdym razie wtedy zaczął działać według ściśle określonego schematu – bliski kontakt z ofiarą, mistrzowskie przebieranki i znikanie w cieniu. Policja nie wiedziała wtedy, w jaki sposób zdobywa zamówienia. Uwagę przykuwała luka w 1994. Cień jakby zawiesił wtedy działalność, po czym w 1995 pobił swój rekord wykonanych zleceń, odbywając przy tym gościnne występy w krajach Unii Europejskiej. Na razie wszystko zapowiadało, że kończący się rok 1997 będzie równie dobry, jak 1995. Wystarczyłoby, aby Cień zabił Bernarda T. przed Nowym Rokiem. Kasia spojrzała na kalendarz. Miał dwa dni. Stosunkowo niewiele, ale... wiedziała, że potrafi improwizować. Z akt wynikało, że czasem wykonywał zlecenia błyskawicznie. Ale i tak nie mówiły one o Cieniu nic poza tym, że był systematyczny i niezwykle zdolny. Policjanci twierdzili, że jest artystą w swoim fachu, a na dodatek sugerowali w żartach, że nie ma sensu go ścigać, bowiem przyjmował zlecenia tylko na przestępców, którzy prędzej czy później i tak trafiliby do piachu lub za kratki. Westchnęła i odłożyła akta.

Rozdział 7

Styczeń zaznaczył swą obecność solidnymi opadami śniegu. Ulice stały się ciężko przejezdne, gdyż warszawscy drogowcy zostali jak zwykle zaskoczeni przez zimę. Jakby na tej szerokości geograficznej zima była czymś nienormalnym... Kuba szedł Krakowskim Przedmieściem w kłębach padającego śniegu zaciekle próbującego mu przeszkodzić w dotarciu na wydział. Minął kościół Świętego Krzyża i już z radością myślał o gorącej kawie w barku na pierwszym piętrze (zaraz koło Wydziału Filozofii), gdy poczuł czyjąś rękę na swoim ramieniu. Odwrócił się gwałtownie i zobaczył wysokiego, łysiejącego mężczyznę koło pięćdziesiątki.

– Gdzie jest Kamila? – syknął mężczyzna. Kuba całym sobą wyraził zdziwienie.

– Słucham?

– Ty nie słuchaj, tylko mów, gnoju – mężczyzna popchnął go w stronę bramy, która ochroniła ich przed padającym śniegiem, ale nie przed zimnem. – Gdzie jest Kamila?

– Nie znam żadnej Kamili.

– Nie? – mężczyzna uśmiechnął się paskudnie. – To ci przypomnę. Na początku grudnia pieprzyłeś się z nią, z czego zdała mi precyzyjny raport.

– Aha... – skinął głową Kuba. – Pan z mafii czy z tych paskudniejszych?

– Kurwa... – pięść wylądowała na jego żołądku. – Nieważne. Wiesz, gdzie jest, czy nie?

– Nie wiem – stęknął Kuba, zwijając się z bólu. – Gdybym wiedział, to pewnie bym powiedział...

– Jasne. Mam cię na oku – rzucił mężczyzna i odszedł. Kuba stał jeszcze chwilę w bramie i zbierał siły. Musiał dotrzeć na zajęcia.

Trzęsły mu się ręce, gdy brał kawę. Rozlała się na podłogę, ale na szczęście sporo zostało. Nie poszedł na wykład, tylko usiadł na krześle i zamyślił się. Skądś znał tę twarz. Zresztą nie trzeba było Sherlocka Holmesa, aby domyślić się, że facet jest z Urzędu Ochrony Państwa. Kamila pracowała przecież dla niego, a przynajmniej tak twierdził. Westchnął. Musiał sprawdzić go w papierach od Kasi. Uśmiechnął się ciepło na myśl o niej. Chwilami coraz bardziej tęsknił za tym, co stracił, gdy odeszła – choć nadal dziwił się, że nie oddała mu kluczy. Wyciągnął telefon i zaklął. Na wydziale były problemy z zasięgiem. Czekała go wędrówka na dół. Prosto w śnieg.

Mężczyzna przechadzał się nerwowo po korytarzu Urzędu Rady Ministrów. Sprawiał wrażenie, jakby na kogoś czekał – za każdym razem, gdy otwierały się drzwi gabinetu szefa URM, nerwowo oglądał się w tamtą stronę. Wreszcie wyszła stamtąd siwa, krótko ostrzyżona kobieta, zwana Żelazną Lady, szefowa jednej z najważniejszych organizacji biznesu w Polsce. Mężczyzna podszedł do niej szybkim krokiem.

– Mamy kłopot – zagaił krótko. Kobieta spojrzała na niego uważnie.

– Czysto?

– Tu na pewno – skinął głową mężczyzna. – W tym miejscu tylko ja zakładam podsłuchy.

– Jaki kłopot?

– „Nastazja" zniknęła, więc albo zawieszamy akcję przeciw tej Jedermann, albo ją przyspieszamy. Żadnych stopni pośrednich – zrelacjonował krótko.

– Niedobrze – skrzywiła się Żelazna Lady. – Nasi przyjaciele naciskają na dobre wyniki. A takich nie osiąga się szybkim działaniem.

– Wiem – skinął głową mężczyzna. – Ale alternatywą jest całkowity brak wyników. – Żelazna Lady pokiwała głową w zadumie. Dotarli do schodów i zaczęli po nich schodzić.

– Co na nią mamy?

– Jej brat jest hakerem. Prawdopodobnie ukrywa „Nastazję", ale z tego niewiele można zrobić.

– To wymyślcie coś. Wróbcie go w cokolwiek.

– Możemy ogłosić, że „Nastazja" to Cień – powiedział po dłuższej chwili mężczyzna. Wyciągnął papierosa i zapalił, łamiąc zakaz palenia. Żelazna Lady zatrzymała się i spojrzała na niego.

– To ogłoście – zażądała. – A znacie prawdziwego Cienia?

– Mamy podejrzenia i żadnych dowodów – westchnął mężczyzna. – Policja nie ma nic, a my podejrzewamy trzy osoby.

– Jakie? Nasi przyjaciele chcą dorwać tego skurwysyna i jego zleceniodawców. Wiecie chociaż, kto zlecił zabójstwo jednego z naszych przyjaciół?

– Wiemy, kto zlecił – skinął głową. – Wdzięczni za restrukturyzację pracownicy – zaśmiał się z udanego żartu. Żelazna Lady skrzywiła się, jakby zjadła cytrynę.

– Bez takich. Kogo podejrzewacie?

– Uśmiejesz się – mężczyzna uśmiechał się szeroko. – Do wyboru mamy posłankę Jedermann, jej brata albo jego dawną dziewczynę, tę dziennikarkę. Osobiście optuję za tą dziennikarską szmatą. Z tego, co pamiętam, pracuje dla was od czasu do czasu.

– I myślisz, że wrabianie „Nastazji" w te morderstwa skłoni ją do nieprzemyślanego ruchu? – zapytała, ignorując wzmiankę o dziennikarce.

– Niekoniecznie – pokręcił głową. – Ale na pewno pozwoli wrobić Jedermannównę i zmusić ją do uległości wobec was i nas.

Żelazna Lady poczekała, aż mężczyzna zdusi papierosa czubkiem buta.

– To na co czekacie? Dostarcz mi materiały i ruszamy. Nie będziemy wiecznie znosić tego braku zrozumienia dla naszych potrzeb.

– Jutro dostaniesz – skinął głową mężczyzna. Długo patrzył za odchodzącą Żelazną Lady. Wyciągnął z kieszeni dyktafon i z uśmiechem na twarzy odsłuchał całą rozmowę.

Kasia czekała na niego w Café Rozdroże. Uśmiechnęła się radośnie, gdy wchodził i otrzepywał się ze śniegu. Oddał płaszcz do szatni, wysyłając jej promienny uśmiech. Podszedł do stolika i zamówił kawę z krupnikiem. Usiadł, spojrzał na nią poważnie. Jej uśmiech stężał.

– Masz do mnie interes – stwierdziła tonem chłodniejszym niż powietrze za oknem. Pokiwał głową.

– Owszem, ale to może poczekać. Najpierw sprawa nie cierpiąca zwłoki.

– Jaka? – zdziwiła się.

– Dlaczego nie oddałaś mi kluczy? – zapytał. Popatrzyła na niego zdumiona.

– Żeby móc wrócić w każdej chwili, ty idioto… – szepnęła. Kuba zaczął zastanawiać się, czy poszukiwania własnej szczęki w piwnicy są bardzo trudne. Wreszcie westchnął, przeklął się w myślach za głupotę i spojrzał prosto w jej zielone oczy.

– Więc byłaś w każdej chwili gotowa wrócić?

– Gdybyś tylko okazał choć trochę zainteresowania i poprosił wprost… – spojrzała w bok i zamyśliła się. – Tak… Po prostu któregoś wieczora usłyszałbyś szczęk zamka w drzwiach – zamyśliła się. – I gdybyś nie zachowywał się jak pierdolnięty szaleniec, oczywiście – dodała.

– Idiota ze mnie – stwierdził. – A teraz już jest za późno.

Spojrzał na zbliżającą się kelnerkę i nie zauważył, że Kasia kręci głową. Upił łyk kawy, zapalił papierosa i z błogim wyrazem na twarzy znów spojrzał na nią. Wciąż była zamyślona.

– Kasia…

– Tak, Kubusiu? – zapytała słodko.

– Mam do ciebie interes…

– Wiem, moje słonko… Wiem… – po jej twarzy pociekły łzy. – Ty masz do mnie już tylko interes…

Weronika po raz pierwszy od ładnych paru lat wysłuchiwała Kasi żalącej się przez telefon na Kubę. Kiedyś to była norma, choć robiła to tylko z uprzejmości, uważając Kasię za głupią kurwę, ale i tak nietrudno było jej znów wejść w utarte koleiny. Gdy odłożyła słuchawkę, usłyszała znajomy dzwonek do drzwi. Pojedynczy, krótki, ale alarmujący. Westchnęła w oczekiwaniu na wersję brata. Tradycyjnie tuż po wersji Kasi następowały zwierzenia drugiej strony. Kuba wparował do jej mieszkania i zaczął biegać po pomieszczeniach w poszukiwaniu podsłuchów. Nie znalazł żadnego. Odłączył telefon, wyjął baterie z komórek i usiadł w kuchni, patrząc Weronice w oczy.

– Żaliła się – zgadł. – Ale ja nie o tym.

– A o czym?

– O Kamili.

– Hm?

– Chcę jej pomóc.

– Naprawdę? – zdziwiła się uprzejmie. – To po co mi to mówisz?

– Abyś mi podpowiedziała, czy to ma sens – powiedział wprost. – A niby jaki inny cel miałbym mieć? Hmm?

– No, niby żaden – westchnęła. – A rada brzmi następująco: poproś Kasię o powrót, a Kamili daj spokój. Inaczej wszystko będziesz musiał rzucić w diabły. WSZYSTKO – powiedziała z naciskiem. Zrozumiał.

– Nie sądzę – pokręcił głową. – Sprawa jest dość prosta. Kasia załatwi Kamili paszport, a ja wywiozę ją do Niemiec, a potem na Kubę.

– W teorii to proste, ale pamiętaj, że będziesz miał na karku policję i nie tylko – westchnęła Weronika. Skrzywił się.

– Szczegóły dopracuję później – mruknął. Zapalił papierosa i przyglądał się smużkom dymu.

– Zacznij teraz albo postąp tak, jak ci sugeruję. Pomyśl głową, nie kutasem.

– Myślę głową – oburzył się. – Kasia jest lepsza w łóżku.

– W takim razie myślisz sercem, a to jeszcze większy błąd – stwierdziła. – Na tym świecie nie można mieć serca.

– Jasne… – pokiwał głową. Zamyślili się. Weronika wiedziała, że brat zrobi dokładnie tak, jak powiedział. Nie szukał rady, tylko chciał wyrzucić z siebie swoje postanowienie. Co najwyżej, bardziej będzie się wahał. Lubił mieć akceptację siostry, ale potrafił się bez niej świetnie obejść.

– Pomogę ci w razie potrzeby, niezależnie od tego, co zrobisz – powiedziała, przerywając milczenie.

– I kto tu myśli sercem? – mruknął przekornie. Uśmiechnęła się.

Nerwowo przechadzał się po Dolince Szwajcarskiej, kompletnie niewrażliwy na urok tego miejsca. Lubił je, ale nie uważał, że jest znakomite do spotkań spiskowców. Można było obserwować je ze wszystkich stron, szczególnie o tej porze roku, gdy łatwo było kryć się w cieniu. Spięty, nawet nie zauważył, kiedy przestało padać. Usłyszał dzwonek telefonu.

– Chodź na róg Mokotowskiej i Pięknej – powiedziała Kasia. Zdusił w ustach przekleństwo i posłusznie powlókł się we wskazanym kierunku. Wyszedłszy na ulicę Chopina, przyspieszył kroku. Kasię zauważył tuż po tym, jak skręcił w Mokotowską.

– Masz? – zapytał. Skinęła głową. Zatrzymała się, nie reagując na jego wyciągniętą dłoń.

– Obiecałam, że ci pomogę, ale...

– Ale? – zniecierpliwił się.

– Nie odpuszczę sobie komentarza – powiedziała ostro. Patrzył na nią, ale w bladym świetle latarni nie widział wyrazu jej twarzy.

Kasia mogła po prostu dać Kubie paszport i nowy dowód dla Kamili, ale chciała wyrzucić z siebie kilka rzeczy. Chciała, aby wiedział, jak głupio postępuje. Zgadzała się z Weroniką, że nie powinien pomagać tej blondynce bez przyszłości.

– Uważam, że robisz źle. Szkodząc samemu sobie. Jeśli ktokolwiek się dowie, Weronika leży. Rozumiesz?

– Tak – skinął głową.

– A poza tym może coś ci się stać – dodała. – Nie zniosłabym tego.

– Wciąż mnie kochasz... – stwierdził. Miał rację.

– To nie ma, kurwa, nic do rzeczy – powiedziała ostro. – Szantażujesz mnie, ot, dlaczego ci pomagam, ty złamasie.

– Nieprawda – powiedział cicho i mocno ją objął. Szarpnęła się, wyrywając z jego objęć.

– Przytulaj sobie Kamilę – warknęła. W bladym świetle nie widziała jego twarzy. Ale wyczuła, że skamieniał. Wreszcie wyciągnął papierosa z kieszeni. W krótkim mgnieniu zapalniczki widziała łzy na jego twarzy.

– Dobrze… jak chcesz. Ale zawsze możesz wrócić – powiedział cicho. – Gdy to szaleństwo się skończy. Gdy wszystkie szaleństwa się skończą.

Wyciągnął rękę. Wręczyła mu dokumenty. Długo patrzyła, jak odchodzi w stronę placu Trzech Krzyży. Westchnęła, zapaliła papierosa i odeszła w swoją stronę.

Rozdział 8

– Wpadłaś na coś? – zapytał wprost Marek. Kasia przełożyła telefon do drugiej ręki. Bezmyślnie przerzucała wyciągi Kuby, rozłożone chronologicznie.

– Nie. Jeszcze nie – powiedziała powoli. – A już na pewno nie wpadłam na coś, na co byście jeszcze nie wpadli sami.

– Szkoda – mruknął. – Szczerze mówiąc, miałem nadzieję, że nam pomożesz.

– Złudne – stwierdziła. – Zaraz… – mózg nadążył za uszami. – Czyżby to wszystko było zaplanowane?

– Miałem zgodę na kontrolowany wyciek – przyznał Marek. – Była szansa, że wpadniesz na coś, na co my nie wpadliśmy.

– Ładnie… – westchnęła. – A nie mogłeś mi powiedzieć? Żyłam w stresie.

– Przykro mi, ale nie mogłem.

– A teraz już możesz?

– Teraz to już jest nam wszystko jedno. I tak niewiele osiągnęliśmy. Idziesz gdzieś dzisiaj? Moja żona chciała cię poznać.

– Idę – powiedziała krótko. – Kiedy zginął Wiesiołowski, ten z MHRC?

– Przed wyborami, a co? – zdziwił się Marek. Kasia patrzyła na wyciąg Kuby. Tuż przed wyborami na jego konto wpłynęło dziesięć tysięcy. A po wyborach następne dwadzieścia. Cień brał trzydzieści tysięcy za zlecenie. Zazwyczaj brał jedną trzecią sumy jako zaliczkę. Zamarła na chwilę.

– Nic... Nic, naprawdę nic.

– Na pewno? – w głosie Marka czuć było zaniepokojenie.

– Na pewno – powiedziała zdecydowanym głosem. – Muszę kończyć – rozłączyła się i usiadła, wpatrzona w wyciągi. Wstała, wyciągnęła akta Cienia i zaczęła dopasowywać zabójstwa do wpłat na konto Kuby. Nie zważała na to, że daty dokładnie się nie pokrywały. Pasowały z grubsza i to jej wystarczało. Wreszcie miała dopasowane około jednej trzeciej zabójstw. Wzięła do ręki telefon i wykręciła numer Maćka. Odebrał po dłuższej chwili.

– Nie dałeś mi wszystkich wyciągów – powiedziała zimno.

– Dałem – odparł z pretensją w głosie.

– Nie ze wszystkich kont.

– Prosiłaś o jego konto, nie konta. Zresztą sam polecił, aby ci je dać – westchnął. Zmartwiała.

– Słucham?!

– Myślałaś, że dla ciebie zdradziłbym kumpla? – zdziwił się. – Naiwna jesteś.

– Jak to polecił? – Kasia usiadła, załamana.

– Normalnie. Powiedział: „Daj jej wszystko."

– To daj mi resztę – zażądała.

– Chętnie, ale nie wiem, jak zarejestrował – roześmiał się. – Może Weronika wie, może nikt.

– Nie kręć.

– Nie kręcę.

– Rzuciłeś palenie? – zapytała nagle.

– Udało mi się. Od razu zacząłem mówić normalnie – pochwalił się.

– Gratuluję – powiedziała. – Pa. Dzięki za pomoc – odłożyła słuchawkę, intensywnie myśląc. Pomysł, że Kuba, jej Kubuś, jest Cieniem, wydał się jej absurdalny. Tak drobiazgowo przestrzegał prawa. Z drugiej strony – z hakerstwa nie mógł się dorobić takich pieniędzy, nawet biorąc pod uwagę kapitał, z jakim zaczynał. Westchnęła. Czuła, że powinna podzielić się tym z Markiem, ale z drugiej strony wciąż kochała tego łajdaka, który poza tym za wiele o niej wiedział. Nagle ją olśniło. Przecież ta tożsamość użyta przez Cienia była UOP-owska, a Kamila pracowała dla Urzędu Ochrony Państwa jako nielegalna współpracowniczka. Kuba mógł użyć jednej z przydzielonych jej tożsamości. Uśmiechnęła się drapieżnie.

Korytarze Sejmu w czasie posiedzeń są zazwyczaj dość puste. Posłowie dzielą się bowiem na tych nielicznych, którzy pilnie siedzą na sali w oczekiwaniu na jakieś głosowanie albo okazję do powiedzenia czegokolwiek, oraz tych, którzy pilnie konsumują jedzenie i napoje w sejmowej restauracji. Weronika nie zaliczała się dziś do żadnej z tych grup. Siedziała w kuluarach i paliła papierosa. W myślach przeklinała głupotę Kuby, który zdecydował się pomagać Kamili. Kątem oka zauważyła zbliżającą się do niej kobietę. Znała ją z widzenia i nie chciała poznawać osobiście. Żelazna Lady polskiego biznesu zmierzała jednak wyraźnie w jej stronę. Usiadła koło niej i położyła przed nią teczkę. Zachęciła ruchem ręki. Weronika otworzyła teczkę i spojrzała na zawartość.

– To fotomontaż – powiedziała po dłuższym milczeniu. Żelazna Lady uśmiechnęła się pod nosem. Weronika wiedziała, że nie udowodni tego faktu, więc wczytała się w propozycję. Skrzywiła się, zdusiła papierosa w popielniczce.

– I? – zapytała Żelazna Lady. Weronika spojrzała jej prosto w oczy.

– Proszę natychmiast stąd odejść – wycedziła przez zęby. Nie trzeba było dwa razy powtarzać. Kobieta zabrała teczkę i odeszła. Weronika siedziała jeszcze chwilę, po czym wybrała numer Kasi.

Na wyświetlaczu zobaczył numer Kasi. Zdziwił się trochę, bo nie sądził, aby jeszcze kiedykolwiek chciała z nim rozmawiać. Odebrał.

– Musisz szalenie się pospieszyć – powiedziała krótko i rozłączyła się. Domyślił się, o co chodzi. Zawrócił z drogi do cukierni na rogu Niepodległości i Dąbrowskiego. Musiał pędzić do Kamili.

Sady Żoliborskie wydawały się ciche i spokojne, ale wprawne oko było w stanie wychwycić niezwykłe nagromadzenie bezdomnych przy śmietnikach. I fakt, że ci bezdomni mieli źle wyregulowane krótkofalówki. Kuba skrzywił się na ten widok, ale parł dalej. Nie mógł zmienić planu w tej chwili. Wciąż była szansa wydostania Kamili z Warszawy, a w efekcie także z Polski. Musiał to tylko dobrze rozegrać. Zastanawiało go co prawda, dlaczego krąży tu tyle policji (bo nie miał wątpliwości co do tego, kim są „bezdomni"), ale uznał, że UOP poszedł po linii najmniejszego oporu w odzyskiwaniu aktywów.

Wszedł do mieszkania i popatrzył z przyjemnością na krzątającą się po kuchni Kamilę. Rękę nadal miała sztywną, ale jej noga była już sprawna.

– Zbieramy się – rzucił krótko. Spojrzała pytająco. – Gliny cię namierzyły.

– Już myślałam, że mafia – odetchnęła z ulgą. Wytarła ręce i odwięsiła ręcznik na miejsce. Kuba był pod wrażeniem. Mieszkanie lśniło czystością. Wszedł do pokoju i wyjął z jej plecaka broń. Kamila stanęła w drzwiach. – Sprzątnęłam, bo mi się nudziło – powiedziała. – Mam dwa magazynki do glocka i pięć pocisków w rewolwerze.

– Biorę rewolwer – powiedział. – I tak nie umiem strzelać.

– Rozumiem – skinęła głową. Rozglądał się.

– Widzę, że jesteś gotowa.

– Muszę tylko się ubrać – westchnęła. – Pomożesz mi? Rozumiesz, ręka...

– Nie ma problemu.

Pomógł się jej ubrać, po czym zaczął metodycznie przygotowywać mieszkanie na przyjęcie policji. Popatrzył z żalem na książki i porcelanowy serwis do kawy. Poszedł do kuchni i zamontował coś dziwnego przy kuchence. Zamknął okna i pozatykał otwory wentylacyjne. Kamila patrzyła pytająco. Odkręcił wszystkie kurki z gazem.

– Gotowa? – zapytał. Skinęła głową. – No to w drogę.

– Coś się kończy – szepnęła, patrząc z żalem na mieszkanie służące jej za azyl od prawie miesiąca.

– Ale też coś się zaczyna – pchnął ją w stronę drzwi. – Miejmy nadzieję, że to początek pięknej przyjaźni.

Spojrzała mu w oczy. Wykrzywił twarz w parodii uśmiechu.

Spokojnym krokiem skierowali się w głąb osiedla. Sprzyjało im szczęście, gdyż policjanci nie zauważyli ich wyjścia. Zbyt byli zajęci przygotowaniami do wejścia. Kuba spojrzał jeszcze tęsknie w stronę bloku, w którym miał drugie mieszkanie. Doszli do huśtawek. Mimo mrozu usiedli na nich. Czekali, aż policja wkroczy do mieszkania. Z osiedla mieli szansę wydostać się tylko w zamieszaniu. Nagle rozległ się huk, zobaczyli wylatujące szyby. Ruszyli z miejsca. Przy wyjściu z osiedla drogę zastąpił im mężczyzna z kałasznikowem w rękach.

– Policja, dokumenty! – Kamila wystrzeliła raz. Policjant zgiął się wpół i upadł.

– Nie zabijaj... – syknął Kuba. – Kurwa. Bez trupów, bo będziemy mieli całą policję na głowie.

– Wszystko mi jedno – ruszyła przed siebie. Kuba podniósł karabinek i poszedł za nią.

– Samochód stoi przy Gojawiczyńskiej. Za parkiem – skinęła głową. – No, biegnij, ja ich zatrzymam.

Byli już w parku. Kamila ruszyła biegiem, po czym zawróciła. Dał jej kluczyki. – Zielony opel – popatrzył, jak się oddala i odwrócił się. Policjanci wybiegali z osiedla. Przyklęknął, wycelował i nacisnął spust. Policjanci zaczęli chować się przed ostrzałem. Prowadził ogień pojedynczy, przesuwając się powoli w stronę szkoły przy Braci Załuskich. Sekundy mijały powoli. Usłyszał pisk opon. Przyhamowała tuż przed nim, zawracając na ręcznym. Odrzucił bezużyteczny już karabin i wskoczył do środka. Odjechali, szczęśliwie unikając kul.

Rozdział 9

Wjechali do Warszawy, przyglądając się ustawionej na prze-
ciwległym pasie ruchu policyjnej blokadzie. Ich czerwony
hyundai przemknął, nie wzbudzając niczyjego zainteresowania. Kamila, która początkowo była przeciwna powrotowi do
miasta, patrzyła na blokadę zaskoczona.

– Jak wyjedziemy? – zapytała po chwili. – Mogli obstawić
wszystkie wyjazdówki.

– Jasne... – mruknął Kuba. – Za parę godzin się zwiną.
Poza tym przez myśl im nie przyszło, że możemy zawrócić.

– A po co zawracamy? – zapytała.

– Po pieniądze, które ktoś mi pożyczy – odpowiedział,
dociskając gaz. – Nie miałem i nie mam zamiaru wzbudzać
podejrzeń, opróżniając własne konto. Samochód pomknął
Wisłostradą. Kuba prowadził pewnie i w ramach obowiązu-
jących przepisów. Zachowywał się, jakby mu się nie spieszyło. Kamila patrzyła na niego z rosnącym podziwem.

– Czy ty jesteś tylko żigolakiem, czy kimś więcej?

– Tak naprawdę to haker, student nauk politycznych, brat
posłanki – odpowiedział w zamyśleniu. – Sierota niemal dokładnie od trzynastych urodzin – skrzywił się.

– Hmm... Czyli szkoła życia? – nie zareagowała na wzmiankę
o tym, że nie jest żigolakiem. Musiała się domyślać prawdy.

– Bez przesady – uśmiechnął się. – Zostało nam sporo
kasy na start. Przez kilka lat nie musieliśmy się o nic
martwić.

– Naprawdę? – zdziwiła się. – Twoi starzy byli bogaci?

– Zależy, jak na to spojrzeć – westchnął. – Dwa mieszkania po dziadkach i kilkadziesiąt tysięcy dolarów na kontach. W sam raz dla dwojga dzieci.

– Jak to się stało? – zapytała.

– Co się stało?

– Jak umarli twoi rodzice? – wyciągnęła papierosa. Kuba dał jej znak, że też chce, więc przypaliła dwa i podała mu jednego.

– W wypadku samochodowym – wydmuchnął dym. – O ile to był wypadek.

– Jakaś spiskowa teoria? – uśmiechnęła się.

– Nie wiem. Pracowali w MSW i byli w opozycji. A wypadek był nieco… podejrzany. Samochód był świeżo po przeglądzie, a zawiodły hamulce – powiedział, patrząc na drogę. Minęli Torwar.

– To rzeczywiście dziwne – przyznała. – Ktoś za to beknął?

– Żartujesz chyba? – zdziwił się. – Wiem tylko, że właściciel warsztatu, gdy podano przyczynę wypadku, popełnił samobójstwo. Był znajomym rodziców.

– Jakby dopisać do tego teorię spiskową, to mamy gotowy materiał na film – uśmiechnęła się, próbując rozluźnić atmosferę.

– To nie jest zły pomysł – przyznał.

Zamilkł. Kamila zauważyła, że skupił się na obserwowaniu drogi. Minęli Gagarina, Kuba zwolnił. Koło nich pojawił się niebieski polonez. Jechali chwilę równo, aż Kuba skręcił w Chełmską, potem w Czerską i zatrzymał się. Polonez stanął za nimi. Wysiedli. Z poloneza wychylił się niezbyt przystojny mężczyzna w grubych okularach.

– Mam – powiedział. Kuba skinął głową. Podszedł do niego. Przywitali się mocnym uściskiem dłoni.

– Pierwszy raz od lat jesteś punktualny – mruknął Kuba. Mężczyzna uśmiechnął się. Podał Kubie grubą kopertę.

– Oddasz, jak będziesz mógł – powiedział. W odpowiedzi Kuba wręczył mu kartkę.

– Przelej sobie z tego konta. Masz tu numer i hasło. Na koncie jest ta suma, którą mi pożyczasz, a nawet trochę więcej. To szwajcarskie konto anonimowe.

– O ile więcej? – zdziwił się mężczyzna.

– O koszt podróży do Zurychu – uśmiechnął się Kuba. – Trzymaj się.

– Powodzenia! – Wsiedli do samochodów. Kuba ruszył Czerską w stronę Gagarina. Kamila z trudem powstrzymywała się od komentarzy. Hyundai pomknął Spacerową do Puławskiej, potem skręcił w Waryńskiego. Szybko znaleźli się na Trasie Łazienkowskiej. Wyjechali z Warszawy Alejami Jerozolimskimi.

Zatrzymali się w małym hoteliku pod Sochaczewem. Kamila była trochę zakręcona tym, jak Kuba dotarł do tego miasta – przez Żyrardów jeszcze tam nie jechała. W hoteliku wynajęli pokój na jej nowy dowód, Kuby nikt o dokumenty nie pytał. Pomiędzy Żyrardowem a Sochaczewem zatrzymali się na stacji benzynowej i kupili pianki do włosów. Kamila była teraz ciemnowłosa, a Kuba rudy.

Otworzyła oczy i wsłuchiwała się w radio nadające radośnie wiadomości. Kuba wychylił się z łazienki i wyszczerzył w uśmiechu pokryte pastą zęby. Odpowiedziała mu uśmiechem.

„Trwają poszukiwania Kamili N., znanej też jako Cień. Podejrzana jest o zamordowanie kilkunastu osób na zlecenie pruszkowskiego gangu. Towarzyszy jej Jakub J., brat posłanki Weroniki Jedermann. Poszukiwana jest uzbrojona i niebezpieczna." Usiadła na łóżku.

– Słyszałeś? – zapytała. Wyszedł z łazienki, kiwając głową. Uśmiechnął się.

– Na mnie też masz zlecenie? – zapytał. Pokręciła głową.

– Nie jestem Cieniem! – krzyknęła. Położył palec na ustach. Zrozumiała. – Nie jestem Cieniem – powtórzyła. – Chciałam go zamówić, ale się skurwiel nie odezwał.

– Bajerujesz, Cieniu – uśmiechał się nadal. – Kogo chciałaś sprzątnąć?

– Bernarda T. – powiedziała cicho. – Kurczę, wrabiają mnie.

– Tym bardziej musisz uciekać – powiedział poważnie. – Zasuwaj pod prysznic. Musimy jechać. Pojutrze chcę być w Zgorzelcu.

– Bliżej będzie... – chciała zaprotestować, ale wyciągnął ją z łóżka i zaniósł do łazienki.

– Idź się myj, bo cię przelecę – zagroził.

– Proszę bardzo – powiedziała przekornie, ściągając majtki i wypinając pupę w jego stronę. Westchnęła tylko, gdy popchnął ją w stronę prysznica.

Weronika zatrzymała samochód obok Sejmu. Wysiadła i spojrzała przed siebie. Wzięła głęboki oddech i odliczyła do dziesięciu, widząc stado dziennikarzy i jedną znajomą twarz, uśmiechającą się do niej delikatnie. Dzisiejszego posiedzenia nie mogła opuścić. Wczoraj nie odbierała telefonów, nie odpowiadała na pukanie do drzwi. Udało jej się nawet ominąć dziennikarzy w drodze do sklepu. Dziś jednak musiała stawić im czoło. Znała na pamięć pytania, które mogą jej zadać:

– Czy to prawda, że SLD zamierzał zlecić zabójstwo premiera Buzka? – zapytał pierwszy z brzegu, w chórze z dziennikarzem RMF FM. „Super Express" – pomyślała, patrząc na zmęczoną twarz dziennikarza. Zignorowała pytanie.

– Zrezygnuje pani z immunitetu? – zapytało „Radio Mary-ja" w chórze z Polsatem i Radiem Zet.

– Jeśli będzie to niezbędne, tak – odpowiedziała.

– Czy pani brat może być wrabiany? – zapytała Kasia. Oczy dziennikarzy skierowały się na nią. Weronika zachowała pokerową twarz. Patrzyły na siebie.

– Nie wiem. To wszystko są spekulacje. Ufam bratu, ale jeśli dopuścił się przestępstwa – zrobię wszystko, by poszedł siedzieć – odpowiedziała Kasi. „Macie i żryjcie" – pomyślała, przepychając się przez tłum. Zresztą czekała ją ciężka przeprawa z szefami partii i klubu. Oni autentycznie chcieli ją zniszczyć.

Rozdział 10

Biuro poselskie mieściło się w Alejach Niepodległości, nieopodal Rakowieckiej. Kasia, pomimo niesprzyjającej pogody, postanowiła się tam przejść. Z Szucha miała niedaleko. Przeszła Boya, Batorego i skręciła w Niepodległości. W końcu stanęła przed wejściem i nacisnęła przycisk domofonu.

– Pani poseł nie przyjmuje nikogo – usłyszała warknięcie.

– Kasię przyjmie – odwarknęła równie uprzejmie. Rozległ się brzęczyk. Weszła, ku zdumieniu zgromadzonych dziennikarzy. Starannie zamknęła im drzwi przed nosem. Weronika pocałowała ją na powitanie i gestem zaprosiła do biura.

– Jest czyste – powiedziała na wstępie. Kasia skinęła głową i przyjrzała się siostrze Kuby. Niewiele zmieniła się przez te kilka lat. Nadal była silnie zbudowaną, piękną kobietą o ciemnych włosach. Widziała, że Weronika też się jej uważnie przygląda. Uśmiechnęła się, wiedząc, co widzi.

– Wiem, że schudłam – uśmiechnęła się.

– Aż za bardzo – pani poseł pokręciła głową z dezaprobatą. – Kuba uwielbiał twoje rozmiary.

– Wiem… Nic na to nie poradzę.

– Wystarczy więcej jeść – uśmiechnęła się Weronika. – No dobra, co robimy z tym gównem?

– Pomyślimy. Mogę liczyć na wyłączność? – zapytała z niepokojem.

– Jasne – Weronika roześmiała się serdecznie. Weszła asystentka z kawą. Pani poseł podziękowała jej ruchem ręki.

Asystentka skinęła głową i po chwili usłyszały trzaśnięcie drzwi. Kasia wstała i sprawdziła po kolei wszystkie pomieszczenia.

– Przecież już to zrobiłam – powiedziała z wyrzutem Weronika.

– Wolałam się upewnić – mruknęła Kasia. Wyłączyły komórki, odłączając baterie.

– No więc?

– Wiesz, że twój brat jest po uszy w gównie?

– Wiem.

– Ale nie wiem, czy wiesz, jak głęboko? – zapytała, uważnie patrząc Weronice w oczy.

– To znaczy? – zdziwiła się Weronika.

– Czy twój brat jest tylko hakerem? – zapytała Kasia z naciskiem na „tylko".

– No... tak – odpowiedziała posłanka. Kasia wpatrywała się przez chwilę w jej pokerową twarz.

– I nic nie wiesz o tym, by zajmował się czymś innym?

– Nic – odpowiedziała pewnie Weronika. Kasia zamyśliła się. Była przecież pewna, że Kuba jest Cieniem. Nie zdążyła co prawda skierować policji na inny trop, bo policja sama się nań skierowała, ale przecież była pewna!

– Cholera, byłam pewna, że Kuba jest Cieniem... – wyznała. Weronika zakrztusiła się kawą.

– Że co? – zapytała uprzejmie.

– No... – Kasia wyciągnęła papierosy. – Badałam jego wyciągi z konta.

– Powaliło cię do końca?

– Pozwolił mi! – krzyknęła w samoobronie, gdyż Weronika z wściekłością wymalowaną na twarzy podniosła się z krzesła.

– Niech ci będzie. Co robimy?

– Proponuję, byśmy zrobiły wywiad, który wybieli i ciebie, i Kubę.

– Z hakerstwa go nie oczyścisz – zauważyła trzeźwo Weronika.

– A niby czemu nie? – zdziwiła się szczerze Kasia. – Powiemy, że zbierał materiał do książki. Obie wiemy, że chciał coś napisać. A że przy tym zarabiał…

– Niezła jesteś – odezwała się po chwili Weronika. – A co z Kamilą?

– Powiemy, że ostrzegałaś go przed tą manipulantką, bo miałaś złe przeczucia.

– Czyli dalej wrabiamy ją w cieniowanie? – Kasia poczuła podziw dla Weroniki.

– Też domyśliłaś się, że to ściema?

– Jak ktoś myśli, to się domyśli – mruknęła zagadkowo Weronika. Dziennikarka spojrzała na nią uważnie.

– Napiszemy też, że UOP maczał w tym palce.

– I wielki biznes – dodała od niechcenia posłanka, wyciągając swojego vouga z paczki. Kasia spojrzała na nią ze zdziwieniem.

– Wielki biznes?

– A myślałaś, że UOP tak sam dla siebie? – zdziwiła się Weronika.

– Nie… Ale spodziewałam się raczej…

– To pewnie też. Ale jak można upiec dwie pieczenie przy jednym ogniu, to…

– To czemu nie – wpadła jej w słowo Kasia. Nagle oczy rozszerzyły się jej ze zdumienia.

– No jasne! Teraz już wiem, czemu moja agencja PR szukała mnie przez ostatnie dni! – uderzyła się w czoło. – Żelazna Lady, prawda?

W odpowiedzi Weronika skinęła głową. Kasia uśmiechnęła się.

– Tylko, czy damy radę im pomóc? – zapytała z niepokojem posłanka.

– Myślę, że tak. W najgorszym razie oczyścimy jego pamięć – powiedziała ze sztuczną lekkością Kasia. – To co? Bierzemy się do roboty? – skinięcie głowy. Usiadły obok siebie i zaczęły pisać wywiad. Nie pierwszy i nie ostatni wywiad autoryzowany przed napisaniem.

Piotrkowska migotała feerią barw, jak zawsze w okolicach świąt i Nowego Roku. Duszna atmosfera Łodzi nie docierała na najdłuższy deptak handlowy Europy. Siedzieli w Irish Pubie i uśmiechali się do siebie. Kamila bawiła się papierosem, a Kuba popijał grzane wino.

– Jesteś pewien tego, co robisz? – zapytała wreszcie, przekrzykując muzykę.

– Jasne – uśmiechał się. Skinęła głową i zamyśliła się. Kuba przekazał jej, co ustalił z Kasią. Kamila miała uciec, a on miał zgłosić się na posterunek w Zgorzelcu jako ofiara jej porwania. To oznaczało, że Kamila ma zadzwonić do Weroniki z żądaniem okupu.

– Nie podoba mi się to – zwerbalizowała swoje myśli. Kuba spojrzał na nią zdziwiony.

– Co?

– No, mam wystarczająco dużo na sobie, żeby się jeszcze bardziej babrać.

– Daj spokój – zbagatelizował jej wątpliwości ruchem ręki. – Jedno gówno mniej czy więcej…

– Mnie nie jest wszystko jedno! – uniosła się. Kuba patrzył na nią z autentycznym zdziwieniem.

– Ale żywa chcesz wyjechać? – zapytał.

– Jasne – zgodziła się. – Ale nie podoba mi się to. Nie mam ochoty być jakimś Cieniem i na dodatek porywaczką. Równie dobrze ty możesz być Cieniem.

Zakrztusił się winem.

– A niby czemu ja? – zdziwił się. – Jestem hakerem, nerdem i mięczakiem. Nie byłbym wiarygodny.

– Jasne... A strzelasz jak cipa, nie? – stwierdziła z przekąsem, pamiętając, jak prowadził ogień na początku ucieczki.

– Chodziłem na strzelnicę – powiedział lekko. – Wracamy do hotelu?

– Czemu nie – zgodziła się, nie komentując, że to, co powiedział, stało w sprzeczności z tym, że podobno nie umie strzelać. Dopili, zapłacili i wyszli. Do Grand Hotelu, w którym się zatrzymali, mieli kilkadziesiąt kroków. Zignorowali więc rikszarza i poszli piechotą. Kuba zatrzymał się przy rzeźbie Rubinsteina. Kamila, wskazując palcem na informację, że pomnik gra tylko do dwudziestej drugiej, pociągnęła go za rękę w stronę hotelu. Objął ją ciepło. Szli powoli, rozglądając się ciekawsko po jednej z najsławniejszych ulic w Polsce. Choć cała Łódź sprawiała na nich raczej przygnębiające wrażenie, Piotrkowska im się podobała. Kamila wyciągnęła papierosa z torebki, Kuba jej przypalił. Nagle rozległ się za nimi czyjś głos.

– Proszę poczekać – usłyszeli ton nawykły do wydawania poleceń. Odwrócili się powoli. Kuba, czując, że Kamila sięga do torebki po pistolet, ścisnął jej dłoń. Niemal syknęła z bólu. Policjant patrzył na nich spokojnie.

– Słucham? – zapytał uprzejmie Kuba. Policjant uśmiechnął się.

– Upuściła pani portfel – podał go Kamili. Oboje uśmiechnęli się do policjanta.

– Miło z pana strony. Dziękuję – powiedziała Kamila, odbierając swoją własność od przedstawiciela prawa.

– Proszę uważać – policjant nie przestawał się uśmiechać. – Życzę miłego pobytu w Łodzi.

– Dziękujemy. A skąd pan wie, że nie jesteśmy z Łodzi? – zdziwił się Kuba.

– To widać… – powiedział policjant. – Praca w policji wyrabia spostrzegawczość – dodał i odszedł.

Stali jeszcze przez chwilę jak słupy soli, po czym ruszyli w dalszą drogę. Kuba ścisnął dłoń Kamili.

– Nigdy, ale to nigdy nie trać zimnej krwi – syknął zimno. – W innym wypadku osobiście cię zamorduję – spojrzała na niego zdziwiona. To, co powiedział, zupełnie do niego nie pasowało.

Rozdział 11

Ulica Malczewskiego nie jest typową warszawską ulicą. Na odcinku od Puławskiej do Niepodległości nie stoi przy niej żaden duży blok, dominuje niska zabudowa. Na tym tle niekorzystnie wyróżnia się budynek mokotowskiej komendy policji, który opuszczała właśnie Weronika. Rozejrzała się jeszcze wokół, przyjrzała się pijaczkom stojącym w bramie vis à vis komendy. Pokręciła głową, gdy jeden z nich bez skrępowania zaczął oddawać mocz. Wsiadła do daewoo z przyciemnianymi szybami. Kasia spojrzała na nią z zaciekawieniem.

– Łyknęli?

– Ta... – westchnęła Weronika. Wyciągnęła papierosa. – Tylko nie rozumiem, dlaczego musiałam zgłaszać to tutaj, skoro sprawa i tak jest w kompetencjach Stołecznej.

– Tłumaczyli to miejscem zamieszkania porwanego? – bardziej stwierdziła, niż zapytała Kasia. Weronika skinęła głową.

– Jedźmy stąd. Nie powinno się nas widywać razem – powiedziała. Samochód gładko włączył się do ruchu.

Zielony Ford Scorpio rocznik 1994 błądził po obrzeżach Wrocławia. Kamila uważnie przyglądała się Kubie. Był skupiony, ale nie zaniepokojony. Najwyraźniej wiedział, dokąd jedzie, choć kierował tak, jakby nieco zabłądził. Wreszcie zatrzymał się na jakimś rogu.

– Kup coś do picia, a potem idź tą ulicą wzdłuż numeracji. Narastająco – polecił. Skinęła głową. Odjechał. Została sama i pierwsze, co zrobiła, to podeszła do telefonu. Już od Łodzi nosiła się z tym zamiarem. Wykręciła numer znany tylko jej.

– No i gdzie ty się podziewasz? – odezwał się po dłuższej chwili męski głos.

– Nie jesteś Pom – stwierdziła zimno. Mężczyzna roześmiał się.

– Przejąłem was, Nastazja. Nazywaj mnie Marmieładow.

– To nie ta powieść – zauważyła machinalnie. – Ale do rzeczy. Jedziemy zielonym fordem scorpio, z dziewięćdziesiątego czwartego. Zmierzamy do Zgorzelca. W tej chwili chyba jesteśmy w Bielanach Wrocławskich.

– Rozumiem... – chwila wahania. – A po co mi to mówisz?

– Żebyście oczyścili mnie z zarzutów i pozwolili wrócić na służbę – odpowiedziała po chwili. – Nie mam zamiaru być Cieniem.

– A wiesz może, kto nim jest, skoro to nie ty?

– Może brat pani poseł? – odpowiedziała pytaniem na pytanie. W słuchawce rozległ się śmiech.

– Ten, pożal się Boże, specjalista od komputerów, nie umiałby nawet ochronić własnych zabawek w piaskownicy...

– Ale strzela jak zawodowiec. To nie ja przyszpiliłam policjantów na Sadach – powiedziała zimno. Marmieładow zamilkł.

– Nie? – zdziwił się.

– Dupy z was... Wyciągniecie mnie?

– Może... Ale będziesz lojalna?

– Nie może być inaczej – westchnęła po dłuższej chwili. Nie podzieliła się jeszcze rewelacją, że to Kuba wszystko zorganizował.

– Będziemy czekać przed Zgorzelcem. Postaraj się prowadzić i zderzyć się z czarnym audi na... – chwila konsultacji w tle – gdańskich numerach. Takiego tam mamy.

– Nie ma sprawy. Teraz moja kolej – odłożyła słuchawkę i weszła do sklepu.

Tymczasem Kuba wjechał pomiędzy garaże. Zatrzymał samochód w miejscu, w którym nie można było go zobaczyć z żadnego z pobliskich domów. Własnym kluczem otworzył jeden z garaży. Wyjechał polonezem caro, wjechał fordem. Przeniósł bagaże i pomajstrował chwilę przy instalacji elektrycznej garażu. Przyjrzał się efektom i uśmiechnął się pod nosem. Wsiadł do poloneza i odjechał. Nikt go nie widział.

Z niepokojem zauważył, że Kamili jeszcze nie ma. Zatrzymał samochód i wysiadł. Zobaczył, że idzie powoli.

– Co tak długo? – zapytał. Uśmiechnęła się.

– Nie mogłam się zdecydować – powiedziała rozbrajającym tonem. Wsiadła na miejsce kierowcy. – Zmieniłeś samochód? – zapytała zdziwiona. Skinął głową.

– Nie myślałaś chyba, że jednym samochodem przejedziemy pół Polski? – zapytał.

– Ty musiałeś to chyba przygotowywać od dawna... – stwierdziła. Kuba skrzywił się.

– Po prostu dobra organizacja i rzetelni wspólnicy – odpowiedział. Wsiedli do auta. Kamila po stronie kierowcy.

Zatrzymali się na stacji benzynowej przy autostradzie. Kuba wysiadł i podszedł do telefonu. Kamila odeszła kawałek, by swobodnie zapalić. Przyglądała się obojętnie okolicy. Stacja stała na uboczu i była zamknięta. Paliły się nieliczne latarnie, na których siedziały jakieś ptaki. Odwróciła się. Kątem oka zauważyła, że Kuba odchodzi od telefonu z wściekłą miną. Zmarszczyła brwi, szedł prosto w jej stronę, ale nie wyciągał papierosa. Kiedy zauważyła, do której kieszeni sięga, sama chwyciła za broń.

– Nie radzę – powiedział zimno. Trzymał ją na muszce. Stacja była pusta i pozbawiona kamer. Ręka sama zaciskała się na pistolecie, ale wiedziała, że nie zdąży go wyciągnąć.

– Ale…

– Żadnych „ale"! Coś ty, kurwa, najlepszego zrobiła? – zapytał wściekły. – Myślałaś, że nie mamy żadnych źródeł wewnątrz? Jesteś kretynką!

– Spierdalaj – odpowiedziała zimno. – Wrabiacie mnie w coś, czego nie zrobiłam. I tobie to pasuje.

– No jasne, że pasuje! Kurwa! Przecież ty i tak tkwisz w gównie po uszy!

– Więc po co mam wpychać się głębiej? – zdjęła dłoń z glocka. Kuba uspokoił się trochę.

– Wpychasz się głębiej w Polsce. A w zamian dostajesz nowe życie i nową tożsamość.

– I to jest cena?

– Niepełna – przyznał po chwili.

– Słucham?

– W zamian, przez pięć lat, będziesz pracowała jako cyngiel. Przejmujesz renomę Cienia, więc staraj się nie zawieść.

– Dla kogo? – zapytała po chwili milczenia. Kuba opuścił broń. Zaczęła zastanawiać się, czy zdąży sięgnąć po swoją.

– Dla Kuby – odpowiedział. Roześmiała się histerycznie.

– Republika Kuby… Kurwa mać! Może się jeszcze okaże, że Cień to ty?

– Dość gadania – powiedział ostro. – Bierzesz tę szansę czy nie?

– Wal się – odwróciła się. Opuściła głowę.

– UOP cię zabije, jeśli wrócisz. Nie licz na ich litość. Nie przedstawiasz dla nich żadnej wartości. Już raz ich zdradziłaś.

– Wal się.

– Jak chcesz. Ja wracam do Warszawy. Przez najbliższy posterunek policji. Powiem, że udało mi się wyrwać ci pistolet i zabiłem cię w samoobronie – powiedział spokojnie.

– Domyślą się.

– Nigdy się nie domyślą – usłyszała pewny, zimny i twardy jak stal ton. – Oni, hmm... są raczej niedomyślni. Jeśli wiesz, o czym ja mówię...

– Poczekaj! – krzyknęła w pośpiechu. – Zgadzam się.

– Mądra dziewczynka – objął ją i pocałował w kark zimnymi od mrozu ustami. – Więc co miałaś zrobić? – ptaki poderwały się gwałtownie i kracząc, okrążyły pustą stację.

Żelazna Lady stanęła w wejściu kawiarni hotelu Marriott i rozejrzała się. Jej rozmówca czekał na końcu sali. Podeszła do niego i usiadła.

– Co jest? – zapytała zimnym tonem.

– Musimy odwołać akcję przeciw Jedermann – skrzywił się mężczyzna. Odwrócił wzrok i popatrzył na Dworzec Centralny.

– SŁUCHAM?

– To, co słyszałaś – odpowiedział mężczyzna, nie patrząc w jej stronę. – Nie mamy żadnych dowodów na to, kto jest Cieniem. „Nastazję" miał oczyścić sąd, ale ona skrewiła. Zostaliśmy bez kart, a ta dziennikarka ma na nas dowody.

– Jak to? Pommé, Co ty pieprzysz? – zdenerwowała się Żelazna Lady.

– To, co słyszysz. Mają nas w garści. Muszę odwołać całą akcję.

– Nie odwołasz. Nie po to ludzie z MHRC zainwestowali w ten interes tyle kasy, by teraz przerywać.

– Są inni posłowie, których można zmusić do współpracy.

– Wiem – powiedziała zimno. Wypiła łyk kawy. – Co na was mają?

– Dowody, że śledziliśmy posłów opozycji za wiedzą „Swetra". To się kwalifikuje do Trybunału Stanu dla niego. A dla mnie – zawiesił głos – może oznaczać wieloletnią odsiadkę.

– Wiedzą coś o mnie?

– Nic – skłamał. „Lepiej nie mówić, że ta dziennikarska szmata dorwała się do dokumentów MHRC" – pomyślał.

– To dobrze.

– Musimy oczyścić tę Weronikę z zarzutów. Domyślą się, że maczałaś w tym palce.

– Dowodów nie mają. Tylko słowa – uśmiechnęła się.

– A Cienia znajdziemy. Obiecuję.

– Dobrze. Za to wam płacimy – powiedziała, wstając od stolika. Wyszła szybkim krokiem. Mężczyzna uśmiechnął się, patrząc, jak wychodzi.

– I nie tylko za to nam zapłacicie – mruknął, wyciągając dyktafon. Przewinął taśmę i zaczął słuchać. Uśmiechał się coraz szerzej.

Marek patrzył na Kasię. Co chwilę kręcił głową, odwracał wzrok i spoglądał na landrynkowe neony sex shopów na Jana Pawła. Siedzieli w Giuseppe Café. Na zewnątrz padał deszcz ze śniegiem. Gdyby nie neony, byłoby szaro i ponuro.

– Jak się dowiedziałaś?

– Nieważne – ucięła krótko. – Zrobicie to?

– Zrobimy, ale nie wspomnicie o udziale Firmy.

– No nie wiem… – zawahała się.

– Inaczej go nie oczyścimy. Nie będzie zgody góry na to – powiedział twardo. Kasia staranniej niż zwykle zgasiła papierosa w popielniczce. Spojrzała na Marka.

– Dobrze. O Żelaznej Lady też nie wspominać?

– Też.

– Odwołaj ich.

– Już – wyciągnął telefon. Niewprawnie wybrał numer. Odczekał chwilę. – Akcja odwołana. Powtarzam: odwołana – rzucił w słuchawkę. Kasia uśmiechnęła się. Oddanie Markowi dowodów mogło poczekać. Oboje odetchnęli z ulgą.

Oficer dyżurny Piotr Siara siedział spokojnie w dyżurce na komendzie miejskiej w Zgorzelcu, gdy do holu wszedł obszarpany, niezbyt czysty młody mężczyzna i niepewnie podszedł w jego stronę. Z daleka czuć było jego zapach.

– Dzień dobry... – powiedział drżącym głosem.

Piotr Siara odłożył niechętnie swoją ulubioną lekturę, jaką był kryminał Agaty Christie.

– Słucham? – zapytał nieprzyjemnym tonem. Zatkał nos.

– Zostałem porwany i właśnie się uwolniłem.

– Na izbę chcesz jechać? – zapytał Siara. – Spieprzaj dziadu!

– Jestem Jakub Jedermann, brat posłanki Weroniki Jedermann – powiedział błagalnie mężczyzna. Siara poczuł, jak w jego głowie coś zaczyna dzwonić. Spojrzał na faks, który przyszedł poprzedniego wieczoru.

– No fakt, mamy takie coś – to mówiąc, wstał. – Proszę chwilę poczekać – ruszył, aby wezwać komendanta. – Aha... i przepraszam za to...

– Nie ma sprawy – uciął Kuba. – Wiem, że nie pachnę zachęcająco...

Spis treści